快乐读书吧
系列丛书

中国古代神话故事

肖维玲 主编

山东大学出版社
SHANDONG UNIVERSITY PRESS
·济南·

图书在版编目（CIP）数据

中国古代神话故事 / 肖维玲主编. -- 济南 : 山东大学出版社，2025. 6. --（快乐读书吧系列丛书 / 肖维玲主编）. -- ISBN 978-7-5607-8845-6

Ⅰ. I276.5

中国国家版本馆 CIP 数据核字第 2025RT1814 号

责任编辑　孙艳凤
文案编辑　孙婷婷
封面设计　李文静

中国古代神话故事
ZHONGGUO GUDAI SHENHUA GUSHI

出版发行　山东大学出版社
社　　址　山东省济南市山大南路 20 号
邮政编码　250100
发行热线　(0531)88363008
经　　销　新华书店
印　　刷　天津联城印刷有限公司
规　　格　710 毫米 ×1000 毫米　1/16
　　　　　10.25 印张　205 千字
版　　次　2025 年 6 月第 1 版
印　　次　2025 年 6 月第 1 次印刷
定　　价　35.00 元

《中国古代神话故事》导读

你知道吗？

世界最开始像是一颗“鸡蛋”；

人是女娲用泥土捏出来的；

刑天没了脑袋还能挥舞兵器；

夸父一口气就能喝干黄河水；

大禹是在父亲的肚子里孕育的……

这些听起来匪夷所思的故事，都是中国神话中的重要内容。快握住开启宝库的钥匙，穿越时空，同上古先民一同冒险吧！

在正式开始神话大冒险前，我们首先要了解一下什么是“神话”。简单来说，神话就是关于神或者神化的古代英雄的故事，其中《女娲补天》《共工触山》《羿射九日》《嫦娥奔月》被誉为“中国古代四大神话”。作为民族文化的重要组成部分，神话故事的精彩之处，不仅表现在先民的浪漫想象上，还蕴含在一字一句的讲述之中。它们承载着中国古代人民深邃的精神内涵，鼓舞着后世人民不畏艰险，砥砺前行。

神话的起源和发展

1 起源

为什么天上只有一个太阳、一个月亮？最早的人类是怎么诞生的？为什么我们会生火做饭、造房制衣？先民们是怎样渡过那场大洪水灾难的？……上古先民依照当时的认知和科学水平，无法解释这些问题，只能按照他们的理解，来探索自然现象和社会现象的奥秘。神话，便诞生了。

中国古代神话故事大致起源于三百万年前的旧石器时期。当时的人们已经掌握了工具的基本使用方法，智力水平大大提升。他们就地取材，以生活中的动植物和自然现象为基础，创作了一批和生活紧密相关的故事，成为中国古代神话的萌芽。

旧石器时代末期，“万物有灵”意识的产生，推动了神话的发展。出于对死亡的认识，人们逐渐有了“灵魂”的观念。人们由此推及万物，认为万物有灵，而万物皆受到神灵主宰，能够将福祸施加于人。于是先民便对周遭的一切产生了敬畏和崇拜之心。对那些自身无法理解的自然现象和社会现象，便通过超自然的幻想来解释，神话正是随着这种意识的加深应运而生。

这也进一步回答了前面提出的问题。先民以神的力量解释那些无法理解的自然现象和社会现象，神的力量远超人的认知，一切也就顺理成章了。

2 发展

我们现在看到的神话，其实是经过了上千年的流传，才来到我们面前。现存的中国古代神话主要保存在《山海经》和《淮南子》中，虽然故事不成体系，但是被较集中地保存了下来。

原始神话产生时，人们没有刻意记录下来，也没有书写的工具和材料，只是在劳动人民的口头流传。至先秦两汉时，古人才开始有意识地将其用文字记录下来。巫师、史官、贵族、诸子百家等出于不同目的将神话零散地记录在不同文本中。原始神话或者散失或者被更改，仅有少部分可能完整保留了原始的面貌。

在神话流传的过程中，经历了文学化、历史化与仙话化三个重要的变化阶段。

◎ 神话文学化。原始神话的流传，得益于人们的口耳相传。在传播过程中，人们会不自觉地对内容加以补充，让原本的故事显得更加真实、更具吸引力。从某种程度上来说，先民创造的神话，更加原始质朴。人们根据自己的认知水平，记录自己对世界的认识，而流传至后世的神话，已经成为一种文学享受。

◎ 神话历史化。我们在阅读神话时常常会疑惑于人物的真实性。开天辟地的盘古是虚构的神，这毋庸置疑；而与炎帝、蚩尤展开部族之战的黄帝，则在历史书上有记载，可能就无法将其看作单纯的神了。类似黄帝这样的神话人物，本质上是历史人物与神话的结合。人们为自己崇敬的先祖或帝王想象出神异的故事，把一些伟大的发明创造归集到他一个人身上，以表达心中的敬畏。

◎ 神话仙话化。神话多表现为人对自然的认识或与自然的抗争，在抗争的过程中显现出开拓、奋斗、牺牲的精神，而仙话的中心内容则是如何实现长生不老。由于神话与仙话都以具有超自然能力的神、仙为主人公，所以在情节和人物上有许多共通的地方。比如神话中奔月的嫦娥在仙话中成了广寒宫中的仙子，传授黄帝兵法的玄女在仙话中成了十分受尊崇的女仙。道教的产生促进了仙话的发展，仙话的发展进一步推动了神话的仙话化。

为什么要阅读中国古代神话

中国古代神话千年以来长盛不衰，直到今天，仍带给我们一场又一场的文学盛宴，它是中华优秀传统文化中不可多得的瑰宝。

① 神话的精神内核不断激励着中华民族奋发图强

在中国古代神话故事中，女娲补天是救民济世，夸父逐日是勇壮，精卫填海是坚毅，这些为了实现某种理想而敢于抗争、勇于牺牲、昂扬向上、自强不息的博大坚忍的精神，正是神话带给中华文化、中华民族生生不息的力量源泉。

② 神话保留着历史记忆

神话作为人类文明的古老印记，以奇幻的故事和独特的叙事，保留着珍贵的历史记忆。这些记忆涵盖远古人类对自然现象的认知，如伏羲创八卦；反映早期人类生活形态，如燧人取火；承载人类与自然抗争的精神，如大禹治水、羿射九日；还留存了部落战争的历史片段，如黄帝与蚩尤的涿鹿之战，这些都是研究古代社会的重要线索。

③ 神话激发无限的想象

在我们看来荒诞的、不切实际的语言中，实则蕴含着先民宏大的想象力。以盘古身体的幻化，解释世间万物的出现；以女娲抟黄土造人，解释人类的起源；以共工撞山，解释大洪水的由来……先民以神话为注脚，为宇宙中的一切开释。虽然和事实尚有差距，但神话中浓厚的幻想和想象色彩，向我们展现了先民们满溢的浪漫主义精神。

④ 神话闪耀着科学的火花

从性质上来看，最初的神话是多学科的综合体，是原始先民用神话思维看待世界留下的痕迹。而其中潜藏的某些正确的观察和观点，就成了科学的萌芽。如伏羲观察现实中的蛛网仿造出渔网，神农氏尝遍百草得知各种药物的药性以应对各种疾病，燧人氏发现摩擦可以发热生火……神话故事中跳跃着的科学火花，是先民对世界进行探索的智慧结晶。

总之，中国神话故事作为中华优秀传统文化的瑰宝，具有多方面不可估量的价值。

如何阅读《中国古代神话故事》

作为中国传统文化的璀璨明珠，古代神话值得我们认真品读。那怎样阅读才能汲取精华，让神话的精髓与我们的精神交融呢？这里为大家提供一份阅读指南，跟随指南阅读，能更好地领略中国古代神话故事的魅力！

1 边读边想象

神话故事里有很多神奇的场景和人物，我们读的时候，可以闭上眼睛，在脑海里想象那些画面。书中也绘制了大量插图，可以启发我们的想象力。

2 结合批注，拓展阅读

书中会对神话中与科学、社会、历史等相关的内容进行阐释和补充。结合批注阅读全文，有助于我们认识神话的科学性和历史性，分辨神话中的科学现象和浪漫想象。

3 制作故事卡片

神话故事人物众多、情节各异，我们每读完一个故事，都可以绘制一张故事卡片，把故事的名字、主人公、主要情节写在卡片上，还可以在卡片上画上自己的简笔画。这样不仅能加深印象，还方便随时回顾和互相分享。

4 拓展延伸

体悟古代神话的魅力：古代神话在后世文学作品的借鉴和改编中获得新的生命力。本书讲述神话时，也对与后世文学作品或文学现象有关联的神话进行了补充说明。大家可循着“补充说明”，探寻更远的神话发展之路，体悟中国古代神话故事的生命力与魅力！

目录

开天辟地——世界的源起

传奇篇章——英雄的征程

华夏源起——精神的火种

人类瑰宝——智慧的结晶

开天辟地

——世界的源起

混沌开七窍

传说南海之帝叫倏（shū），北海之帝叫忽，中央之帝叫混沌。这里的“帝”指的不是人间帝王，而是神。倏和忽地处一南一北，所以总会到中间混沌的家中相聚。混沌总是非常热情地招待他们。有一天，倏和忽商量着怎么回报混沌的恩惠。他们说：“人都有两只眼睛、两个耳朵、两个鼻孔和一个嘴巴，这七窍可以用来视听、吃东西，还有呼吸。只有混沌一窍都没有，显得美中不足。我们不如试着给他凿出七窍来。”于是，两人兴冲冲地准备了凿子和锤子，找到了混沌。混沌很高兴地同意了，他也想和朋友们一样拥有七窍。于是倏和忽便开始动手凿。在神力的作用下，他们一天便给混沌凿出了一窍。七天很快就过去了。然而可怜的混沌在拥有七窍的瞬间，却永久地失去了生命。自此，新的世界便诞生了。

你知道吗

“倏忽”也是掌管时间的神，直到今天我们还会用“倏忽”来表示时间很短。

盘古开天

在最初的时候，天空和大地还紧紧相连，整个世界就像一个巨大无比、没有形状、没孵化的鸡蛋。在这个混沌一片的“鸡蛋”中，有个叫盘古的巨人诞生了，并静静地沉睡了一万八千年。

盘古醒来之后，发现周围一片漆黑，手脚都伸不开，这种憋闷的感觉让人喘不上气。他多希望可以生活在一个无拘无束的地方啊，在那里，四肢能够自由舒展，眼睛能够看到各种各样的色彩。

他想打破这个巨大的“鸡蛋”，于是他拔下了自己的牙齿，牙齿化作一柄开天神斧。仅仅一斧子劈下去，混沌间就裂开了一条巨大的缝隙。这时候，一些轻盈而清澈的清气缓缓上升，逐渐汇聚在一起，变成了浩瀚的天空；另一些沉重而浑浊的浊气慢慢下降，渐渐聚累在一起，形成了广袤(mào)的大地。

盘古害怕天地会重新合拢，便双手撑天，双脚踏地，用尽全身的力气伸展四肢。他每天都会长高一丈，天地每天也会变高、变厚一丈。就这样，一万八千年过去了，天变得极高，地变得极厚，

盘古也变得极为高大，真正的顶天立地。为了让天和地永远地分开，他就这样孤独地站着，片刻也不停歇。

他拖着疲倦的身躯，坚持到生命的最后一刻，直到天和地终于停止了变化，再也不会合拢。就在他伟岸的身躯即将倾倒时，他的脑海里浮现出了年轻时自己极目远眺的情景，他总觉得这个世界还缺点什么，还想贡献出自己最后的力量。

这时，盘古的身体发生了奇妙的变化。

他的气息，变成了柔和的清风和飘动的云朵，阵阵微风吹扫着盘古苍老的面容，朵朵白云轻轻枕在他劳累的身躯下；他发出的声音，化作隆隆的雷声，仿若万马千军；他的眼神，变成了耀眼的闪电，在开阔的天地间狂舞；他的左眼变成了太阳，给世界带来光明和温暖；他的右眼变成了月亮，在夜晚洒下柔和的银辉，让大地不再被黑暗笼罩。

他的手脚，变成了支撑天空的四根天柱，直插云霄；他的五脏变成了五方名山，源源不断地为万物输送生机与活力。他的血液，变成了奔腾不息的江河，滋养着世间万物。

他的筋脉，变成了连绵的高山，雄伟壮阔；他的肌肉，变成了田地和土壤，孕育着无尽的生机与希望；他的头发和胡须，变成了漫天星辰，闪耀着神秘的银辉；他的汗毛，变成了花草树木，幻化成世间缤纷的美景。

他的牙齿和骨头，变成了闪光的金属和坚硬的石头；他的骨髓，变成了金珠宝玉，彰显着无尽的价值与魅力；他的汗水，变成了滋润万物的雨露、川泽，让大地处处洋溢着盎然的生机与灵动的活力。

盘古用自己的身体，创造了整个世界。

他虽然离开了，但他创造的世界却充满了生机与活力。大地上，草木郁郁葱葱，微风轻拂，四处充满清甜的花香果蜜，沁人心脾。森林里，动物们在树丛间自由地蹦跳，鸟儿在枝头欢快地歌唱。山川间，清泉在石缝中嬉戏跳跃，鱼儿成群结队地游戏。天空中，温暖明亮的太阳，清晨从地平线缓缓升起，慷慨地洒下万道金光……

思考

盘古是中国神话中的重要形象，他的这种无私奉献的大无畏精神更是中华民族的精神底色。思考一下，你的生活中有类似盘古这样不断坚守、努力创造的人吗？

钟山烛龙

钟山上生活着一条烛龙，这位神灵拥有人面蛇身，红色的外表，千里长的身躯。他的眼睛是两枚竖瞳，就像是立着的橄榄。当他睁开眼睛的时候，世界就变成了白天；当他闭上双眼的时候，黑夜便笼罩大地。烛龙吹口气就会大雪纷飞，冬天降临；呼口气又会带来滚烫热浪，盛夏出现。因而他总是盘旋在钟山之上，不吃不喝不睡不呼吸。而且他随便呼吸一下，便会掀起万里长风，给世间带来无尽的灾难。他会用神力照亮九幽之地，为最阴暗的地方带来一丝光明，因此人们也称他为“烛阴”或“烛九阴”。

女娲造人

天地刚刚开辟时，世界上还没有人类。大地上只有山川、河流、花草树木和一些野兽，显得格外空旷和寂寞。在这个时候，天地间出现了一位神通广大的女神——女娲，据说她一天之内能变化七十次。她长着和人类一样漂亮的面容，下半身却是蛇的躯体。

女娲行走在这片荒寂的土地上，觉得分外孤独，她总觉得少了些什么。“怎样才能让这个世界变得更有生机呢？”她一边走一边苦思冥想着。

直到女娲走到一条清澈的河边，看着平静的水面，她发现，无论做什么，水中的影子都会和她做一样的动作。她想：“如果能有很多人一起生活，这里该有多热闹、多好啊！”

望着水中的倒影，她灵光一现，决定模仿影子的模样捏出几个泥人来。于是，女娲蹲下身子，开始仔细挑选泥土。因为是第一次造人，所以她格外地细致认真。

她从河边挖了一些细软的黄土，小心翼翼地把黄土捏成自己的模样。唯一不同的是，她把泥人的尾巴捏成了两条细长的腿，这样他们就可以自由行走、奔跑了。仔细看，这个小人还有一头美丽的长发呢！可爱极了！

女娲看着自己亲手造的小泥人，心里满是喜悦。她把小人放在面前仔细观赏，不知不觉呼出的一口气吹到了泥人的身上。忽然，小泥人的眼

睛睁开了，忽闪忽闪地望着女娲，不住地喊着：“妈妈，妈妈！”女娲听到小泥人的声音，高兴地把小泥人抱在怀里，还给他取名叫“人”。

她觉得一个人有点少，整个世界还是不够热闹，便找来更多的土，一个接一个继续捏着。因为是双手捏出的泥人，所以每个人的模样总是不大相同。有时候，她会左右开弓，两只手各负责一个泥娃娃，似乎是在和自己比赛——看哪只手捏的更好看。结果两只手捏出的小人长得一模一样，这就是最早的双胞胎。

除了五官不同，她还特意捏出了高的、矮的、胖的、瘦的各种体态的泥人。她想：这样错落有致的身高，才不至于千篇一律，人才会更有趣。这些小人儿在女娲身边跑来跑去，嬉笑玩耍，原本寂静的世界顿时充满了欢笑声。

阅读导航

仔细阅读前后文，梳理一下女娲在捏人工作中都遇到了哪些困难，她是如何解决的。

可是，一个人的速度毕竟有限，要想让大地上充满生机，不知要捏到什么时候。

女娲一边捏泥人一边想，终于想到了一个好办法。她跑到悬崖边找来一根大藤条，然后把它伸进泥潭里，用力地搅动，让上面沾满泥浆。接着，女娲抽出藤条向岸边挥动，无数的泥浆溅落在地上，立刻就变成了一个个小泥人。她不停地挥动藤条，越来越多的小泥人出现在大地上。这些小泥人一落地就活了过来，他们欢呼雀跃，舞蹈歌唱，从此就在这个世界生活。

这个办法实在是省事多了，每天都能造出很多很多的人。但是因为每个泥点的大小各不相同，有时候泥浆不够了，泥人就出现了缺胳膊少腿的情况。当然，大部分人都是健康的。

没过多久，天地间便充满了欢声笑语。

女娲开始担心他们的生存问题。她教会人类怎么捕捉野兽，怎么寻找食物，辨别哪些东西可以吃，哪些东西有毒。她还教人类如何建造房屋，让他们能够躲避风雨和野兽的侵袭。在女娲的悉心教导下，人类学会了各种生存技能，他们有足够的能力在这个世界上生存。

看着自己的孩子过上了幸福美好的生活，女娲心里别提有多高兴了。她决定给自己放个假，到别的地方游历一段时间。然而等她回来时，女娲发现自己创造的人少了一大半。这是怎么回事？

女娲仔细地观察，发现人类会随着时间的推移而衰老死亡，最早造的那批人已经去世了。

“这该怎么办呢？”女娲心里很是郁闷。她不得不重新开始了造人的工作。虽然工作很辛苦，但她仍充满干劲。她在工作的同时，也在思考怎样解决人类不断减少的难题。

终于，有一天，她观察到动物会雌(cí)雄结对，生出可爱的小动物。女娲大受启发，开始把人类分为男人和女人，只要他们互相爱慕，就会为他们保媒，让他们结婚、生儿育女。这样一来，人类就能生生不息。

人类非常感激女娲，把女娲视为自己的母亲，对她充满了敬爱和崇拜。人类便这样在女娲母亲的呵护下世世代代地繁衍(yǎn)下来了。

共工触山

盘古开辟天地后，世间诞生了许多拥有强大神力的神。他们掌管着天地万物，世界慢慢有了秩序。其中水神共工有着火一般的头发，人面蛇身。他虽然法力高强，掌管全天下的江河湖海，却性情残暴，就如同那无情的洪水。

后来才德兼备的颛顼（zhuān xū）成为天帝，共工颇不服气，要和他争夺帝位。共工还有两个得力干将：一个叫相繇（yáo），也叫相柳，人面蛇身，浑身青色，足足有九个脑袋，传说他吐的口水就能够毒死九头牛；另一个叫浮游，身材魁（kuí）梧，虎背熊腰，还能化作一头红熊。

天帝要派出天神平乱，这时候火神祝融主动请缨（yīng），捉拿共工及其一众叛党。祝融长着人面兽身，平日里驾着两条龙出行。他还有一个特别的身份，即共工的父亲。奈何水火不相容，两人不仅在神力上彼此相克，平日里也经常发生争执。

祝融拦在了共工的面前，两人没说几句话就打了起来。这场打斗十分激烈，从天上打到地下，从海底战至山巅（diān），一时间难分伯仲。到后来，祝融的怒火越来越旺盛，发出的热焰竟然直接烧干了共工掀起的风浪波涛。最终火神祝融战胜了水神共工。

共工接连败退，被逼到西北方的不周山下，已然退无可退。不过他也有他的骄傲，绝不肯投降。

“我就算是死，也要死得轰轰烈烈！”

只听共工仰天怒吼一声，那吼声震得方圆百里的乌云四处飘散，天地都为之颤抖。他将全身的神力汇聚到头顶，身体变得像一座巍峨（wēi é）的大山，肌肉紧绷，青筋暴起。他像一颗燃烧着的流星，朝着支撑天地的不周山狠狠撞了过去。

不周山可不是寻常的山，它高大无比，直插云霄，是天地间最重要的支柱之一。此刻，面对共工绝望的撞击，它轰然倒塌。

一时间，天崩地裂。天空出现了巨大的裂缝，这些裂缝像一张破碎的蜘蛛网，闪电在其中疯狂穿梭，雷声震耳欲聋。大地剧烈颤抖，山川移位，河流改道。地上的人们惊恐万分，四处奔逃，呼喊声、哭叫声连成一片。

山林里的小动物，吓得钻进洞里，不敢露头。鸟儿在天空惊慌失措地乱飞，找不到栖息之所。平静的江河湖海，掀起了惊涛骇浪，洪水如猛兽般涌出，冲向岸边的村庄。

原本如镜面般平整的天空，因为西北的天柱倒塌而倾斜；悬吊大地东南角的巨绳被震断，大地陷入黑暗的深渊，流水纷纷向东南汇聚。

提问

中国地势西北高、东南低，刚好符合不周山倒塌的结果，你认为这是巧合吗？

这场灾难给人间带来了无尽的痛苦，洪水淹没了无数的村庄和农田，落下的不周山碎石压死了数不清的人。自天柱倒塌以来，被囚禁于西北的黑龙再次为祸人间，生灵涂炭。天神们四处奔走，试图找到补天的办法。

共工还活着，于是天帝将他流放到幽陵之地，用神力造福一方以赎罪。他的臣子相柳逃出生天，继承共工的遗志在人间作乱，所到之处都会变成吞噬一切生灵的泽国。最终他被大禹诛杀，流出的血导致那片土地寸草不生。大禹三次想要填平那片被污染的毒血沼泽，但是都失败了，只能开

辟出大水池，并为众神建立高台，企图用神力来压制相柳。

共工有很多个儿子，其中一个儿子叫修。修和父亲不同，他生性恬淡温和，只喜欢游山玩水，经常乘坐着车船周游四方。他去世之后，被人们尊为“祖神”，也就是道路之神。后来，古人在出门之前，便会通过祖祭、酒宴来祈求神灵保佑，一路顺风。

女娲补天

话说不周山轰然倒塌后，天崩地裂，倾盆大雨从天上的裂缝中流出，洪水吞没了村庄，淹死了很多人和动物。人们惊慌失措，恐惧的情绪充斥着整个大地。

女娲听到孩子们的哭喊，感受到了他们的绝望。她没有时间去惩罚罪魁祸首，而是要以最快的速度来补天。哪怕是对她这样强大的天神来说，这个任务也是十分艰难的。

她先是来到了东海，找到了最坚硬的青石；又到了南海，找到了最坚硬的红石；又到了西海，找到了最坚硬的白石；又到了北海，找到了最坚硬的黑石；最后她来到了中央之地，找到了最坚硬的黄石。她架起了一口大锅，将五种颜色的石头都丢了进去。经过九九八十一天持续不断的努力，女娲终

点拨

东西南北中和青白红黑黄，刚好对应的是古代的五行之说。

于熔炼出了可以补天的五彩神石。

女娲捧着装满五彩神石的锅子，顶着狂风暴雨、电闪雷鸣，飞到了天幕破裂的地方，一点点将天修补起来。风雨渐渐停歇了，温暖的阳光洒遍大地，幸存的人类欢呼着、舞蹈着，庆祝这次的劫后余生。

女娲却还不敢休息，因为天柱不周山已经倒了，如果不立起新的天柱，天空只怕会再坍塌。于是，她在海中寻觅到一只巨龟，斩断了它的四只脚充当新的撑天四极。之后她又杀死了在冀州作乱的黑龙，用神力烧出了一堆芦苇草灰来堵塞洪水。大地上的洪水逐渐退去，生灵得以安居，一切都恢复成了原来的模样。

巨灵神开山

巨灵神当初和元气神一同降生，他有着强大的本领，独独掌握了坤元之道，对大地颇为了解，能够创造山川，开辟河流。他一直居住在汾河，担任那里的河神。当时华山横亘(gèn)在黄河之中，拦住了河水奔涌的方向，迫使黄河绕道而行。于是巨灵神便直接双脚蹬住山体的下端，双手抓住山体的上端。只听他一声高喝(hè)，徒手便将华山掰成了太华、少华两座山，让河水得以顺利通行。我们今天去华山游玩，还能看到华山峰顶留着巨灵神双手的印子，首阳山的山脚也留着他双脚的足迹呢！

绝地天通

远古之时，天地间有许多通道，例如尸水、登葆(bǎo)山、灵山、肇(zhào)山等，人、神可以通过这些通道上下天界。其中最有名的便是天梯建木。传说中建木生于都广之野，位于天地中心。正因为这个特殊的位置，每当正午时分，建木在太阳的照射下不见任何影子。人们站在这里大声呼喊，也没有任何回响。建木的树干耸入云端，有数百仞(rèn)之高。而且树干光秃秃的，没有任何枝条，只有树顶生长了许多曲折蜿蜒(wān yán)的树枝，树底生出许多盘旋交错的树根。它有着青叶紫茎，枝叶如芒，果实似麻，形态十分奇异。伏羲、黄帝等古神都曾通过这棵树往来天地。

在那时候，唯一有资格沟通神明的就是巫师，男巫师称为巫，女巫师称为觋(xí)，他们代众生祈告神明，沟通天地。而百姓们则安守本分，祭祀不乱。

奈何到了少昊氏末年，九黎部落肆虐中原。

他们砸毁祭坛，宣称“人人皆可通神”！霎时，家家自封巫史，户户妄祭鬼神。有人以血牲求富贵，有族焚山林、媚邪灵。天地间浊气翻涌，暴雨数月不息，田畴(chóu)荒芜，饿殍(piǎo)遍野。

天帝颛顼立于崩裂的祭台前，耳畔是万民哭嚎。他思索良久，沉吟道:“天地无序，当断通途。”于是颛顼召来大神重与黎。重披玄甲，目含雷电，双手托举九霄，天幕轰然上升；黎踏赤焰，臂缠龙蛇，双足踏陷山河，地脉剧烈沉降。昆仑建木在巨响中折断，通天的藤蔓、登山的石阶化作飞灰。天地之通途就此断绝。

从此，天极高远，唯余雁群孤影；地极深厚，独留凡人炊烟。天神不能轻易降临世间，人也不能轻易登天。人神各归其位，互不侵扰。而重司掌日月星辰运转，黎监察山川河岳变迁。巫咸、巫彭等十巫奉颛顼令，于灵山采药炼丹，代世人传达祈愿——但神谕再非轻易可闻。

归墟神山

在浩瀚的渤海以东、亿万里的深海尽头，有一处名为“归墟”的无底深渊。天下所有河流、海洋，甚至天河的水都奔涌至此，但归墟的水永远不增不减，像藏了一只会吞水的怪兽。这下人们便放心了，不用担心百川流入大海后，水会多得溢出来。

归墟之上，漂浮着五座神山——岱舆(dài yú)、员峤(qiáo)、方壶、瀛(yíng)洲、蓬莱。每座山都方圆三万里，山顶平坦如广场，山间宫殿用黄金铸成，栏杆由白玉雕琢。漫山遍野的珍珠树、美玉树四季开花，结出的果子晶莹剔透，吃一颗就能长生不老。仙民们穿着雪白羽衣，背生白色羽翅，像白鹭般在五座山间自在飞行。

可仙民们有个大麻烦：这些山全是“浮空岛”，海底没根基！平常微风细浪还能稳住，一旦遇上风暴，五座山就像没拴绳的气球，在海上乱漂。仙民们走亲戚，眼看快飞到员峤山了，一阵狂风又把山吹到了千里之外。或者他们准备去什么地方，不过一眨眼，就又迷失了方向。为此他们颇为苦恼，商量着怎么解决这个问题——他们自己法力不足，只能去寻求天帝的帮助。

于是几位代表跑到了天界向天帝哭诉。天帝暗自想着：神山四处漂流倒是无碍，但万一遇到了大风浪，被掀翻后沉没在大海深处，他们就无家可归了，确实需要解决这个问题。于是天帝派出了自己的孙子——北海海神禺强下界帮助神山仙民。

禺强不仅是海神，还是风神。当他以海神形态现身的时候，就呈现出鱼身人面、骑两条青龙的模样。他原是北海一条几千里长的巨鲸，名为鲲，鲲之大，说不清有几千里。当他摇身一变，化作一只巨鸟，便叫作鹏，大鹏鸟的背部也不知道有几千里宽，他垂下来的羽翼，就像是黑压压的乌云一般。当他以风神形态降临的时候，便是人面鸟身的模样，耳朵上挂着两条小青蛇作为耳饰，脚上还踏着两条青蛇。只要他轻轻挥动翅膀，便

延伸阅读

北冥有鱼，其名为鲲。鲲之大，不知其几千里也；化而为鸟，其名为鹏。鹏之背，不知其几千里也；怒而飞，其翼若垂天之云。——《庄子·逍遥游》

能掀起猛烈的飓风。每到冬天，禺强便会由鲲化鹏，从北海飞往南海，带起刺骨北风。

禺强受天帝之命，自然不敢怠慢，立即调来十五只黑色巨龟，三只一组轮流驮山，一只巨龟驮着一座神山，另外两只在旁边等候着，六万年换一次班。这下神山终于稳了！不过这项驮山的工作实在太枯燥无聊了，因而巨龟们会偶尔调皮，集体在水里手舞足蹈起来。它们小小的游戏却会震得山上宫殿晃悠。神仙们揉着撞疼的脑袋无奈苦笑："这偶尔小小的颠簸总比被风吹跑强！"

就这样，大家安稳度过了数万年。然而，一位遥远的龙伯国的巨人，给神山带来了灾难。龙伯国人都是龙的后裔，身高千丈。其中一名巨人闲来无事，到东海的海洋深处钓鱼。海洋对他们来说，不过是小水坑，因而他几步便跨到了归墟，在他眼中，五座神山就像是小土包。于是他坐在一座神山上，优哉游哉地开始垂钓。他还觉得神山上的宫殿硌屁股呢，便磨蹭了几下，神山的宫殿便被他磨成了平地。仙民们纷纷四散逃命，却不敢找巨人理论。毕竟在巨人眼中，他们就是小蚊子、小蚂蚁，说起话来也都是嗡嗡声。

没想到水下的巨龟已经数万年没有吃过东西了，鱼竿上的饵料对它们来说就像是山珍海味。六只饥饿的巨龟被接连钓起，巨人把巨龟往身上一扛，收获满满地回家了。仙民们望着巨人远去的背影欲哭无泪。

六只巨龟，扛回家切肉炖汤，够巨人吃好几天的,剩下的龟壳还能用来占卜。只是可怜的岱舆、员峤两座神山顿时失控，漂到北极，沉没于大海深处。仙民们抱着家当满天乱飞，满头大汗地寻找新的居所。

天帝听说此事后暴怒，便施展神力把龙伯国土地缩小，国民身高也一代代缩短。到神农时代，这群巨人只剩十几丈高了,但和常人比仍是庞然大物。

如今归墟只剩方壶、瀛洲、蓬莱三座仙山，全靠剩下的九只巨龟驮着。它们被钓龟吃龟的龙伯国人吓坏了，变得格外安静老实。

因为这个龙伯国的巨人，海外神山的名声便在人界传开了。一些被风吹到神山的渔民，受到了仙民们的友好接待，还得以顺利回家。还有人说神山上有长生不老药，于是后世的帝王们便派人去寻找海外神山，但最终谁也不曾找到过。

参商二星

相传五帝之一的帝喾(kù)，号为高辛氏，他生有两个儿子，大儿子叫阏(è)伯，小儿子叫实沈(chén)。其中阏伯的来历很不简单，他又叫作契(xiè)，是帝喾和他的妃子简狄所生。简狄出身于有娀(sōng)氏，自从嫁给帝喾后，一直没有怀孕。后来有一日她和妹妹去玄池泡澡，正在沐浴的时候，忽然飞过来两只燕子。燕子在池边的岩石上抛下了一枚五色燕卵便飞走了。

简狄好奇地游到水池边，捧起了燕卵。她出神地盯着那枚燕卵，连妹妹呼唤她的声音都未听见，心底有一个越来越强的声音催促她快点儿吃掉燕卵。她慢慢将五色燕卵放到嘴边，那枚燕卵便轻松滑入了她的咽喉，化作一股暖流直达腹部。没多久，简狄就发现自己怀孕了，之后生下了儿子契。契是商人的祖先，燕子浑身漆黑，雅称“玄鸟”，因而有了“玄鸟生商”的传说。

契，也就是阏伯，与弟弟实沈性格截然相反。阏伯居旷野，观星象而知四时，以火纪事；实沈卧山林，听风声而辨凶吉，以刀刻木。两兄弟自幼争锋，阏伯斥实沈“巫觋乱神”，实沈讥阏伯“观星忘本”。二人持火把与石斧相斗，焚林毁山，惊动了天帝。

天帝不愿看到他们手足相残，只好将兄弟俩分开。他命阏伯迁到商丘，主管辰星，也叫商星，成为商人祭祀的主星；命实沈迁到大夏，主管参星，成为唐人祭祀的主星。

尽管兄弟俩间隔万里、无法相斗了，但他们积累的仇恨并没有消失，只要参星或商星其中之一出现，另一颗星便绝不会出现在天空中，兄弟二人终生不复再见。

后世人们经常用参商来比喻亲友隔绝，再也不能相见的情景。

延伸阅读

杜甫曾作“人生不相见，动如参与商”（《赠卫八处士》）的诗句，用以抒发人生中相遇不易的感慨。

传奇篇章

——英雄的征程

刑天舞干戚

上古之时，黄帝部落和炎帝部落曾经爆发过一场大战。刑天原是炎帝麾(huī)下猛将，在炎帝部落败于黄帝后，刑天隐忍多年。待蚩尤举兵反黄帝失败，刑天终按捺不住，独持巨斧与盾，也就是干和戚，直闯到黄帝面前索战。

黄帝持轩辕剑迎战，二神从昆仑山巅斗至常羊山地界。胜负难分之时，黄帝瞅准破绽，剑光如电，斩了刑天首级。刑天的头颅滚落山谷，竟将常羊山劈为两半，黄帝担心刑天复生，便用神力合拢了山体，封镇了刑天的头颅。

刑天被斩后眼前一黑，既看不见，也听不到。他一摸脖颈上没有了脑袋，顿时惊慌起来，忙把右手的戚换到左手，伸出右手在地上乱

点拨

刑天为了心中的正义，敢于挑战天神，这体现了中国古代神话中鼓舞人心的反抗精神，该精神是中华文明几千年来延续至今的底色之一。无数像刑天一样的人，像中华民族的脊梁一般护卫着我们的和平与安宁。

摸乱抓。他不甘心就这样倒下，他要找到自己的头颅，与黄帝再战。他摸呀找呀，山谷的沟壑、山脊的树木、凸起的岩石都在刑天的触摸下，崩塌折断。这些地方至今还能隐约看到刑天用手触摸时留下的血迹。尽管如此，他还是没能找到自己的头颅。

他心中满是遗憾和不甘，突然间，他的双乳怒睁为目，肚脐裂开作口，嘶吼声震裂山石。他左手挥盾挡开黄帝攻势，右手抡斧劈出万丈沟壑，断颈处血如岩浆喷涌，染红西天云霞。直至力竭，仍以斧击盾，舞出铿锵战歌。

黄帝敬佩他的顽强意志，虽在常羊山设下了屏障，令他再也不能出常羊山，却并没有彻底夺去刑天的性命。刑天日复一日地左手持盾，右手拿斧，随时等候着与黄帝的战斗。

夸父逐日

上古时期，在广无边际的大荒之中有一座高山，名为成都载天。山里住着一位名叫夸父的巨人，他是后土大神之子——信的儿子。他身形十分高大，不仅耳朵上各挂一条小黄蛇作为耳饰，手臂上还有两条黄色长蛇盘绕着，显得格外神勇威武。

夸父看着天上灿烂明媚的太阳，忍不住蹙(cù)起了眉头。太阳能给大地带来温暖和光明，能促进万事万物的生长。然而，它有时也会格外暴烈无情，导致天下大旱，草木焦枯，无数生灵因此而死去。夏天烈日炎炎，冬日却严寒无比。夸父有一颗博爱的心，他想要观察了解太阳，了解太阳的运行规律，帮助更多的人活下来。因为他曾经亲身经历过大旱和寒冬，明白太阳造成的灾难是多么可怕。

他认为此时的自己已经足够健壮强大，可以去实现自己的理想了。于是夸父拿着用来测量日影的桃木杖，就这么准备出发。当第一缕曙光划破天际，夸父便如离弦之箭一般冲了出去。他是那样的高大，可以跨越一座座高山和一条条河流。他跑起来就像飞一样，身边能带起一阵阵小风，大地都跟着他的脚步不停颤动。一路上太阳不停地运转，夸父凭借着顽强的毅力和惊人的气魄同样不肯停歇。

金色的光芒洒在夸父高大的身躯上。他目不转睛地盯着太阳，心中只有一个信念：我一定要追上太阳，弄明白太阳的运行方向和规律。

连续的奔跑，使夸父的双腿越来越沉，每迈一步都好像有无数利刃刺穿脚底。尽管如此，他仍旧没有停下来休息。他离太阳越来越近了，一直追到了西方禺谷——日落之处。他身上的汗珠像雨似的直往外冒，还没落下去，就已经被蒸干了。

亲眼看到太阳缓缓消失后，他露出了灿烂的笑容，终于可以停下自己的脚步了。这一路上为了追逐太阳，他不眠不休，可以说是燃尽了自己的生命。一旦放松下来，疲惫饥饿就一起涌了过来。口渴的感觉最为强烈，似乎舌头都要烧焦了。他撑着手杖，艰难地走到渭水河边。他伏下身子，

趴在河岸上，将渭水喝了个精光。

尽管已经喝了很多水，夸父还是渴得难以忍受，他又跑到了黄河边，一口气把黄河水也喝光了。然而喝进去的水并没有缓解他的痛苦，他向北方跑去，想喝大泽里清凉的水。但是大泽在雁门山的北边，距离夸父实在是太远了，夸父最终没能到达大泽，就在中途因为体力不支停下了脚步。

他倚着手杖，跪在地上，眼里噙(qín)满了泪水，心中充满了遗憾。夸父临终前，用尽最后一点力气，把桃木杖抛向大泽的方向。

他最终倒在了太阳的余晖下，那根桃木杖化成了一片茂密、繁盛的桃林，为来往的行人提供遮阳的休息之所，树上的桃子可以供人解渴。夸父的遗愿，便是不想让其他人经受和他一样的痛苦。

精卫填海

炎帝号为神农氏，他带领着部落生活在东海之畔。他的小女儿叫女娃，生得天真烂漫、活泼可爱，平日里最喜欢去海边玩耍。炎帝向来宠爱小女儿，从未阻拦过她，她无忧无虑的笑声整日在海边回荡。

女娃对大海有着无尽的热爱。她喜欢感受海风的轻抚，那像是母亲温柔的双手在抚摸自己；喜欢聆听海浪的低语，那是大海在亲切地歌唱；喜欢观看海面上跳跃的海豚，它们是大海的精灵，充满了生机与活力。她觉得大海是世界上最神奇、最美丽的地方。

这一日，女娃照常去海边玩耍。她望见海面就像蓝色的绸缎，波光粼(lín)粼，十分美丽，就忍不住走到更深处游玩。然而大海是那样翻脸无情，突然间就换了一副面孔。一时间，黑云密布，海浪翻滚，即便是女娃这样善于游泳的人，也无法冲过一重又一重的海浪返回岸边。

就这样，她用尽了全部的力气，却最终不断下沉，永久地留在了黑暗冰冷的海底。

不久之后，女娃的灵魂化作一只精卫鸟。精卫已经无法回家，回到父亲的身边，只能生活在发鸠山上。那“精卫精卫”的哀鸣声，诉说着她无尽的思念。

对比阅读

夸父逐日和精卫填海，同是用超人的意志去完成看似不可能的理想，你认为他们真的是不自量力吗？两个故事有哪些相似之处呢？

她痛恨夺去无数生命的东海，发誓一定要把大海填平，让它再也没办法吞没任何人！从此以后，精卫每天都飞到西山，衔来小石子和树枝，投向无边无际的大海。虽然海浪依旧拍打着岸边，似乎在嘲笑精卫的渺小，但她依旧每天在海边忙碌着，从未停歇。

羿射九日

在东南海之外，甘水之间，住着一位名叫羲(xī)和的女神。她和天帝帝俊生下了十个太阳。这些太阳外表就像乌鸦，有着三只脚，浑身散发着金色光芒，因而也叫三足金乌。这些小太阳散发出灼人的热量和刺眼的光芒，根本不是普通地方所能承受的，因而羲和便把它们安排在旸(yáng)谷中的一棵大树上。这棵树叫扶桑，生于水泽之中，不惧金乌的热量，足有几千尺高，分叉的树枝也延伸出去几千尺，足够金乌们休息嬉闹。一只金乌站在上面的树枝上，九只金乌就站在下面的树枝上。

扶桑树的顶端立着一只玉鸡。每当夜色将褪，它便展开琉璃般的翅膀，仰颈长啼。这声啼鸣穿过云层，唤醒桃都山顶大桃树上的金鸡。金鸡的啼声如波纹荡开，峨眉山巅的石鸡、黄山云雾中的石鸡、昆仑雪谷的石鸡……天下灵山奇石所化的石鸡接连长鸣。最后一声啼叫落在农家的茅檐下，所有公鸡齐齐展翅。此时，东海轰然卷起赤潮，浪涛声与鸡鸣交响，一轮红日“哗”地从浪尖跃出，霞光泼满天穹。

太阳的母亲羲和早已驾好六龙金车等候。这车辕镶着扶桑木，车轮裹着雷兽皮。她为刚在咸池沐浴完的儿子擦干水珠，轻声道：“该上路了。”

太阳从旸谷升起后，先在咸池沐浴，后轻拂扶桑树的枝叶，这便是“晨明”。当它攀上扶桑树顶，羲和便驾起六龙金车启程，进入“朏(fěi)明（天刚亮）”。行至曲阿时，晨光初照大地，人间迎来“旦明”，百姓开始生火劳作；抵达曾泉正值“蚤食”时分，人们开始用早餐；到了桑野已是“晏食”，田间耕作正忙。太阳升至衡阳天角，称为“隅(yú)中”；正午悬于昆吾上空，便是“正中”，此时影子缩至最短。午后西偏至鸟次，群鸟归巢，称为“小还”；落入悲谷时日光转柔，人间进入“晡(bū)时”，开始午后歇息。羲和调转车头行至女纪，开启“大还”；暮色中抵达渊虞，村落舂(chōng)米声渐歇，此为“高舂”；至连石时残阳染红石磨，称作“下舂”。最后，羲和于悲泉停下龙车，留下太阳独行至虞渊沉入水际，暮色浸染为“黄昏”；当最后一缕金光在蒙谷消散，星斗铺满夜空，便是“定昏”。太阳每日跨越九州七舍，行程五亿零九千七百三十九里。第二日，她又将护送另一个儿子——新的太阳升起。

任务

梳理太阳一天的行程，并将它途经的地点和所属时间对应起来吧！

太阳们只能按照固定的路线巡视大地，欣赏相同的风景。然而日复一日的工作让太阳们感到厌倦，而且每次巡视完之后，都要隔九天才能再次出发。中间的时光它们只能枯燥地困在扶桑树上，看着同样的景色。

终于有一天，太阳们再也忍受不住，一齐逃出了扶桑树，同时出现在天空之上。它们也不去管什么巡视路线了，肆意地到处乱跑玩耍，天下都成了它们兄弟的游乐场。

然而，十个太阳一齐挂在天上，必然会带来可怕的灾难。大地干裂，河流干涸，庄稼焦枯，草木衰败。因为太过炎热，空气都扭曲了。人们只能躲进山洞里，祈求太阳们快点儿离开。羲和急得眼泪直打转，人间遭受这般苦难，她的儿子们早晚也会因此而受到惩罚。然而她的神力比不过十个太阳，第一次获得自由、玩疯了的太阳们也不会听羲和的劝说。

它们没日没夜地在天上玩，再也没有了黑夜，人们和动物们都不知道什么时候休息。无数生命因为这场旱灾而逝去，大地上野兽横行，无数柔弱的人类命丧它们之口。太阳们做的恶事传到了天帝耳中，甚至影响到了天界的安稳。天帝大怒，即刻命天神羿（yì）下凡解决此事。羿在天界以善射闻名，是有名的神射手。

羿临行前，天帝赐给他一副弓箭。帝俊告诉他可以凭借此箭威胁金乌们返回扶桑树，若是它们还不肯听话，那就让这些太阳吃点儿苦头，哪怕是射伤一两个也无妨，但切记不可伤及太阳们的性命。

羿带着他的弓箭，携妻子嫦娥一同来到人间。嫦娥是天帝和月神常羲生育的十二个女儿之一，她可以用太阴神力治疗那些被太阳晒伤的百姓。一路上，羿亲眼看到人们在太阳的炙烤下奄奄一息，又黑又瘦，眼底满是一片死寂，一些凶兽趁乱为祸一方，更是加重了凡人的苦难。他的眉头紧锁，心情越来越沉重，对百姓们更加怜惜，内

心的怒火也越来越难以抑制。他最终来到了昆仑山巅，这个离天空和太阳最近的地方。

他站在山崖边，警告太阳们尽快回到自己该回的地方。然而太阳们连羲和和天帝帝俊的话都不听，更何况是一个普通天神！羿下定了决心，要从根源上解决问题。只见他站在山顶，拉开神弓，搭上第一支神箭，瞄准其中一个太阳的脚，只听“嗖”的一声，神箭飞出，正中目标。那个太阳立马发出一声惨叫，其他几个太阳见兄弟被伤，没有害怕躲避，反而朝羿飞扑过去，试图晒死这个天神。

羿感到周围的温度极速升高，不再迟疑，再次搭箭拉弓。这次他直接瞄准了天上的太阳。“嗖”的一声，第二支箭飞了出去，直接射中了其中一个太阳。只见那个大火球迸溅出无数流火，像一颗流星一样，“噼里啪啦”地落了下来，金色的羽毛在跌落的过程中飘散，显现出三足金乌的原形，最后消失在地平线。

看到羿的厉害，其他九个太阳紧张了起来，但他们依旧不肯乖乖离去。羿不再犹豫，接连射出神箭，一个接一个地射向其他的太阳。每射出一箭，天空上就会减少一个光球，周围的温度便凉爽几分。而太阳们掉落的地方，便化作了一片焦土。

此时羿已经杀红了眼，多亏人间的帝王尧阻拦，告诉他人间不能没有太阳。羿这才恢复了理性，冷冷地对最后一个太阳说道："你虽然也曾作恶，但人间还需要你带来光亮和温暖，我便饶你一命。不过，你要记住，从今往后，你要按时地升起、降落，不能再胡闹。否则，我还会取你性命！"

唯一剩下的太阳吓得浑身发抖，脸色发白，闻言连忙点了点头，表示再也不敢胡闹。从此以后，它每天都按时升起，按时落下，重新为大地带来温暖而不再炙热的阳光。

点拨

太阳是古代社会中人们肉眼可见的、对其生活影响最大的天体。羿射九日反映了人们对自然现象最初的浪漫认识，同时表明在远古时代可能发生过严重旱灾。

羿除凶兽

羿射九日后，并没有在昆仑山停留，而是继续行走人间，解除凶兽带来的苦难。

当时猰貐(yà yǔ)为祸中原，它看着像头牛，浑身赤红，有着人的脸、马的脚，声音像婴儿啼哭，把人当作自己的食物。然而羿神勇无比，一瞬间便轻松射杀了猰貐。

羿来到了畴华之野——一个南方大泽，此地盘踞着半人半兽的凶物凿齿。凿齿兽首人身，口中探出五六尺长如同凿子一般的巨齿，挥舞石戈屠戮(lù)生灵。羿引弓对峙，凿齿急举木盾遮挡，却挡不住神箭穿盾贯心。凿齿轰然倒地，血染泽畔芦苇。

接下来羿北上至寒彻骨髓的凶水，诛杀九头巨怪九婴。九婴能喷水火，九个脑袋分外狰狞，所过之处焦土洪流交织。羿立于惊涛中的大礁石上，连发九箭封其九首，怪物嘶吼震塌山崖。激战间，北方的奚禄山崩塌，山腹滚出一枚天然玉扳指。这是天地赐予羿的神物，将它戴在大拇指上，可以轻松地勾住弓弦，如此引弓，箭势更显雷霆万钧。

羿又来到了东边的青丘之泽，巨禽大风翼展蔽日，振翅即引狂风摧屋拔树。大风其实就是大凤，一只巨大的孔雀。这一上古凶凤体型庞大，性情凶悍，振翅时常常有大风相随，摧毁人们的屋舍。羿担心无法将其一击毙命，大风会趁机逃走躲起来，便以青丝系箭尾藏身密林，待大风低飞掠过，一箭洞穿其胸。大风挣扎欲逃，羿拽丝收绳，挥剑斩断其翼。青丘百姓见飘落彩羽大如门板，方知为患多年的“风灾”原是此妖所致。

接着羿来到了南方的洞庭湖，这里有一条巨蟒(mǎng)作乱，不知吞噬了多少渔民。这条巨蟒名叫巴蛇，浑身漆黑，唯独脑袋是青色的。巴蛇长逾百丈，能一口吞下大象，消化三年才吐出骨头。羿独自驾着一只小舟出没于洞庭湖的风波里，最终引蛇出浪，连射七箭中其七寸，巴蛇怒掀如山浊浪扑来。羿只好弃弓执剑跃上蛇颈，于滔天洪波中斩断蛇首。腥臭的蛇血染红八百里洞庭，导致古时候这一代布满了瘴(zhàng)气。后来人们把巴蛇的骨头从湖中打捞上来，竟堆成了一座山岭，据说这就是后来的巴陵。

最后，羿来到了中原腹地——桑林，此地盘踞着生有獠牙、利爪的大野猪封豨(xī)。这孽畜肆意踩踏农田，吞噬牲畜和人，发起狂来还会在百姓居住的地方横冲直撞，使得房屋纷纷倒塌。羿挽弓踏入密林，封豨嗅到杀气，红着眼刨地猛冲而来，蹄声震落桑叶如雨。

羿侧身避过獠牙，连发四箭贯穿野猪四肢关节，箭镞(zú)钉入古桑树干。封豨轰然栽倒，哀嚎声惊飞林间小鸟，却因箭矢卡骨不得挣脱。羿用绳子将千斤巨兽的四肢绑在一起，交给了百姓。

羿以玄铁匕首剖开野猪喉管，放尽污血；取腿肉剁糜(mí)，蒸作肉膏祭祀天帝。膏香腾空化作七彩祥云，人们都看到了这一盛景。然而天帝并没有欣然接受，他和羲和失去了九个儿子，心中悲痛万分，没有杀死羿报仇就已经很好了，又怎么愿意接受羿的祭品呢？羿失去了神位，再也不能重返天界，他的妻子嫦娥也因他被迫滞留人间。

嫦娥奔月

自从天神羿射杀了九个太阳，斩尽了人间的凶兽，人们便把他尊为英雄，称之为大羿。因为再也无法回到天界，大羿和嫦娥夫妻二人便在人类部落里定居了下来。随着大羿的英雄事迹越传越广，不少人前来拜师学艺。大羿便收下了一个徒弟，名叫逄（páng）蒙。逄蒙极具射箭天分，脑筋十分灵活，大羿把自己的射箭技术倾囊相授。逄蒙很快便成长为一名闻名天下的神射手。但是逄蒙心中颇不服气的是，自己的名头总是排在大羿之后，他只恨没办法再来一次十日齐出，让他也展示一下自己的射箭神技。

不过逄蒙十分擅长伪装，对待大羿夫妻无比恭敬体贴，这对夫妻并没有察觉到他的恶念。光阴似箭，大羿已经习惯了凡间的生活，可是他的妻子嫦娥却终日愁眉不展。她和大羿的神力迅速消散，也就比普通人强上一些。然而当她看到自己和丈夫居然会随着时间流逝而容颜衰老时，内心就充满了对衰老死亡的恐惧。

大羿同样不愿面临英雄迟暮的结局，好在后来他打听到昆仑山西边的西王母藏有不死药，便决定不远万里前去求药。西王母长着老虎的牙齿、豹子的尾巴，头发蓬松而凌乱，头上戴着玉胜，掌管瘟疫刑罚。西王母终年生活在山洞里，由三只青鸟轮流为她寻觅食物，她的住处平日也由三足乌来负责收拾打扫。西王母高兴之时，就会从山洞里走出来，站在山崖上仰天长啸，声震九霄，百兽俯首。

你知道吗

道教中的仙话将西王母编造为容颜绝世的女仙，掌握世间生杀大权（因为西王母手中有不死药，与仙话追求的长生不死相符）。西王母由残暴丑陋到美丽尊贵的形象转变，是神话人物仙话化的一个印证。

她掌管瘟疫和刑罚，能随意夺取人的生命，自然也有赐予他人生命的神力。昆仑山上长着一株不死树，千年一开花，千年一结果，果子仅有寥寥数枚。结果的时候，西王母便会住在昆仑山顶的瑶池旁，命青鸟去摘来不死树的果子，用自己的神力将果子炼化成不死药。

大羿想要找到西王母并不容易，她有时住在昆仑山瑶池，有时住在玉山，有时住在日落之处的崦嵫（yān zī）山。大羿便决定先去昆仑山碰碰运气，若是没能找到西王母，再去别的山寻找。

曾经一片坦途的登山路变得格外艰难，但大羿凭借仅剩的神力和顽强的意志，最终还是来到了昆仑山顶，他击败了守门神兽后，见到了西王母。西王母欣赏羿射九日的神勇，也同情他失去神位和长生的经历，便没有为难他，直接命三足鸟衔来装有不死药的葫芦。西王母接过葫芦交给大羿，解释道："这不死药吃一枚可以长生不死，吃两枚原地升天，这里有两枚不死药，足够你们夫妻服用。"

于是大羿拿着不死药高高兴兴地回到家中，把不死药拿出来给嫦娥看。嫦娥高兴极了，准备择一良辰吉日与大羿共同服用不死药。第二天一早，有人请大羿调解两个部落的矛盾，他叮嘱妻子保护好仙药，就出门了。

大羿、嫦娥一直在天界生活，哪里了解人间的尔虞我诈。虽然他们知道不死药宝贵，没有告知他人，但大羿的弟子逄蒙早就察觉了他们的秘密。于是逄蒙趁着大羿外出不在，夜晚闯入大羿家中，逼迫嫦娥交出不死药。

月亮洒下的银辉映在逄蒙狰狞的脸上。嫦娥

背后贴着梳妆台，已经退无可退，心里飞快地思索对策。逢蒙根本不怕失去神力的嫦娥，他把嫦娥掀倒在地，开始在房间内翻找起来。

嫦娥知道逢蒙心狠手辣，如果让不死药落到他手里，只会遗祸无穷。于是，她作出一个大胆的决定——自己吞下两颗不死药。她答应将不死药交给逢蒙，然后趁着对方没留意的时候，将两颗药直接吞下。

逢蒙见嫦娥吞下仙药，伸手就要去抓嫦娥，想把药从她身体里取出来。就在他快要靠近嫦娥的时候，嫦娥身体逐渐变得虚幻，变得越来越轻盈，整个人像羽毛般被风轻轻托起。她慢慢地飘向天空，越飞越高，越飞越远，随着一阵风飘到了月亮上。

月亮上出奇得冷，只有一只玉兔和一棵桂树陪着她。直到很多年后，才又来了一个犯了错的仙人吴刚。他被天帝责令在月宫砍伐桂树，月中桂树高达五百丈，他每砍一斧头，树上的伤口便会迅速愈合，于是吴刚只好日复一日地伐桂，无法休息。孤独寂寞的嫦娥经常坐在桂树上，遥望人间，思念着她的丈夫大羿。

大羿回到家中，发现嫦娥已经不在，心中充

满了焦急与伤心。他四处寻找，终于从邻居口中得知了事情的经过。大羿仰望夜空，看到那一轮皎洁的明月，隐约间，似乎看到了嫦娥的身影。

有一天，月亮格外圆，月光也比往常更加明亮。大羿看着那月亮上映衬出的人影，心中积攒了许久的思念再也无法抑制。他想起嫦娥最喜欢吃的糕点，于是赶忙走进厨房，精心做了满满一盘。做好后，他小心翼翼地将糕点放在庭院中间，遥遥地为她祝福。

那糕点的香味随着微风飘散开来，一直飘到了月宫。嫦娥在月宫中闻到了这熟悉的香味，流下两行清泪。她摘下树上的桂花，轻轻掷下。许久后，大羿伸开手掌，桂花轻巧地落到他的手中，他已然明白了嫦娥的思念。

而这一天，恰好是每年农历的八月十五。大羿做的糕点，便是后来人们熟知的月饼。尽管之后大羿如同普通人一般生老病死，但还有其他人效仿他为嫦娥献上月饼。嫦娥虽然猜到了大羿已经不在人世，却仍旧会在闻到月饼香味之时掷下桂花。渐渐地，八月十五吃月饼、赏月、饮桂花蜜酒，就成了人们寄托思念、祈求团圆的传统习俗。

点拨

嫦娥奔月是中国古代四大神话之一，表达了古代人民对月亮的无尽遐想和美好寄托。

鲧禹治水

在很久很久以前，世界降下了一场洪水。洪水像一头愤怒的野兽，吞没了村庄、田地和森林，河水奔腾咆哮，发出震耳欲聋的怒吼声。

提问

世界各地的神话中，不约而同地出现了许多洪水神话，这反映了远古时期人们饱受洪水侵害的史实。你还读过哪些和洪水有关的神话呢？

人们的家园被淹没，为了生存，他们只能搬到更高的地方。有的人把家搬到了小船上，船飘到哪里就在哪里安家；有的人把家搬到了高大的树木上，在树上造了简易的房屋；有的人把家从山脚下搬到了山顶上，整天忍受着呼啸凛冽的寒风。尽管如此，还是有很多人失去了生命。寒冷的天气，又找不到食物，许多人被活活冻死、饿死。住在高处的人经常受到野兽的攻击，漫山的毒蛇到处毒死人，每天去世的人不计其数。

这群无家可归的人，他们望着滚滚而来的洪

水，只能不断地祈求天地神灵的帮助。天帝自然知道人间的这场大洪水，不过他认为这件事乃是天意，顺其自然，等待洪水自然退去即可。灾难落在每一个弱小人类头上都是一座山，但是在天帝眼中，可能只是一粒小小的尘埃。天神中也有分外怜惜人类的天神，他就是鲧(gǔn)。

鲧数次向天帝请求，希望天帝能用神力将洪水移到弱水之中，如此便能免除人间的灾难。奈何天帝固执己见，不肯答应。于是鲧下定决心，自己想办法平息洪水。但是他的神力远不如天帝，该如何消除洪水呢？时间是那么宝贵，每耽误一会儿，就又会失去一些生命。鲧忧心如焚，立刻去拜访东海中活了数百万年、鸟首蛇尾的鸱(chī)龟，向它请教。

鸱龟活了几百万年那么久，自然知道很多秘辛。它慢悠悠地说道：“这并不是难事。天帝有一宝物——息壤，可解决当前的危难。”

鲧急忙追问：“我听过息壤的名头，它有什么用呢？”

“这个宝物看上去是一块其貌不扬的黏土，却能生生不息，不断生出新鲜的土块，很快就能积土成山，堆成大堤，这可是堵塞洪水最好的宝物啊！”鸱龟情绪激动地说。

“好，我这就去取息壤。”话音未落，就已不见鲧的身影。

鲧回到天宫，天帝此时正在宴饮享乐，他按捺住心中怒火，偷偷来到天帝的藏宝阁，隔着窗户看到里面琳琅满目的宝物，闪耀的光彩简直让他睁不开眼睛。经过仔细辨认，鲧认出了那件最不起眼的息壤，摆在一个堆满尘土的木柜上，看上去已经有好多年没有被用过了。鲧拿到了息壤，便迅速来到人界，他把息壤洒在洪水肆虐的地方，息壤没有了宝匣的压制，表现出强大的生命力，不断向四周生出新鲜的土块。不一会儿，息壤便把洪水全部赶到山峰的西边。洪水不停地冲击着息壤，息壤也片刻不停地生长，始终围绕着洪水，不让它泄漏半分。

人们看到了希望，纷纷欢呼雀跃，准备搬到陆地重建家园。

可是，洪水没有丝毫消减的趋势，它不再向两侧蔓延，而只是越涨越高、越涨越高。渐渐地，洪水已经升到天宫的高度，漫过了天帝的双脚。

天帝发现自己的宝物被鲧偷去使用，大发雷霆，不由分说，便把息壤收回了藏宝阁。没有了息壤的庇护，洪水又铺天盖地地吞噬着大地。

为了惩罚鲧，天帝命火神祝融将鲧斩于羽山的郊野。鲧不忍天下百姓再次遭受洪水的侵袭，却无能为力，自身难保。也许是他那强大的愿力保住了他的精魂不散，尸身三年不腐。同时，鲧离世前存在腹中的一口精气，不断吸收天地间的灵气，逐渐孕育出一个新的生命——他的儿子禹。

你知道吗

原始社会某些由母权制刚刚进入父权制的部落，流行一种叫作“库瓦达”的风俗：女子生产后，丈夫抱着新生婴儿乔装生子。这种做法的目的是显示男子在家庭中的地位和权威。“鲧腹生禹”就是这一习俗在神话上的反映。

鲧的尸身三年不腐，天帝担心会有异变，便又命一个天神用吴刀将鲧高耸的腹部剖开。一条虬龙从鲧被剖开的肚子里腾空而起，逃到了其他地方，化为人形。因为是鲧的精气孕育的生命，所以禹一出生便对整治洪水有着强烈的使命感。而鲧的尸身则化作了黄龙，沉入旁边的羽渊之中。

禹继承了鲧的全部神力和意志，要继续完成鲧未竟的大业。鲧禹父子的治水精神震撼了天帝，他这次派下了应龙去给禹帮忙。禹身边多了一位得力助手，日后的治水之路就会如虎添翼。

禹最先遇到的阻碍是水神共工，共工掀起风波，将大地变成万里泽国。在共工看来，禹不过是黄口小儿，不足为惧，根本不将禹放在眼里。禹知道共工不会听自己的劝，所以只能靠武力降服他。于是他在会稽山汇聚群神，与共工及其手下展开大战。

到了约定的时间，其他人都到齐了，唯独巨人防风氏迟迟不见人影。军令如山，岂能拖延？禹当即下令斩杀防风氏，陈尸示众。多年以后，有人在会稽山林中发现了一节巨大的骨头。这骨头大得出奇，仅仅一块骨头就装满了一车，用几头强壮的马都拉不动。因为禹治水成功的功绩，后世人一直尊称他为“大禹”。据传，这骨头便是当年大禹治水时，因违抗军令、延误治水进程，而被大禹斩杀的防风氏的遗骸。

禹赶跑了水神共工，正式开始治理洪水。他认为光靠鲧堵塞洪水的办法是行不通的，堵不如疏，还是得疏导河流。他一面带领众人填平了许多深渊，有些地方甚至形成了四方名山；一面让应龙飞在前面以尾画地，他便带着人在后面开凿河川。

当他来到黄河边，正在观察水势时，河面突然浮出一位白面鱼身的老者，身长三丈。他自称河伯，也就是黄河河神，给了禹一块青石，便转身跳回了水中。禹捧着石头仔细查看，上面画着曲曲折折的线条，他立刻明白，这是记载天下河流地形的《河图》！一个绝妙的想法在他的脑海中闪现，他可以根据《河图》上刻画的地形，把多余的水引到荒无人烟的地方，最后把这些水流导引入海，这样就能尽快让百姓恢复正常的生活了。

禹带人开凿龙门山的时候，偶然误入一个岩洞。岩洞又深又黑，伸手不见五指。但很快，前方就出现了亮光，原来是一条头上生角、身长十余丈的大黑蛇，蛇嘴里衔着一颗夜明珠，照亮了整个岩洞。禹意识到大黑蛇没有攻击意图，似乎是在为自己引路，便跟着大黑蛇继续前行。直到走到一处广阔的洞穴，大黑蛇才突然消失了。禹见到一群黑衣人簇拥着一个人首蛇身的神端坐于高台之上，便明白了对方的身份——伏羲大神。伏羲送给禹一枚一尺二寸长的玉简，它可以丈量天地间的一切山川土地。

龙门山挡住了黄河流向大海的通道，于是禹用神力将龙门山劈开，使其分跨两岸，就像一个大门，黄河水从中间奔涌东流，所以这里就叫作龙门。相传鲤鱼从这里跃过便能化身成龙。再往下便是三门峡，禹把这里的山劈成好几段，使其形成了三道山门。

为了治理洪水，禹三次来到桐柏山，只见这一片总是乌云密布，狂风肆虐，电闪雷鸣，石啸树嚎，根本无法治理水患。隐藏在云层中间的水怪无支祁正在施展妖术，滚滚雨水从天而降。凶猛的洪水向东流动，吞噬着一切。

禹大怒，随即召集天神前来相助。桐柏山神急忙禀告禹："这无支祁本是水神共工的手下，它脱离了共工盘踞这里，兴风作浪，害人无数，但无人敢管教它。"

"它是何模样？"禹问道。

"这水怪生得十分丑陋。它长得极像猿猴，白色的小脑袋，高额头、塌鼻子；一双贼溜溜的金黄眼睛，射出的金光无人能招架；一口雪白的牙齿，能撕裂高山铁壁；青色的身躯，身上的毛发根根似银针般锋利；脖子伸出来足有百尺长。它力大无比，数十只大象的力量加起来都比不过它。不止如此，它虽然身形庞大，却行动敏捷，搏斗、攻击、腾跃无所不精。最主要的是它跟随共工大神多年，具有一定的神识。它还善于欺诈人类，能分辨长江、淮水水位的高低，也能一眼看出平原和低地的深浅。”山神绘声绘色地描述道。

禹沉吟道：“看来这水怪不好对付。”

禹带着众多天神一同来到了桐柏山。他先派出童律和乌木由，但他们全都被无支祁打败了。禹并没有惊慌，又派出天神庚辰出战。庚辰能征善战，有勇有谋，一番大战后生擒了无支祁。这时无支祁的手下鸱脾、桓胡、木魅、水灵、山妖、石怪等小妖怪冲了上来，试图凭借人海战术把无支祁救走。庚辰丝毫不惧，挥舞着方天戟，与众神共同剿灭了这群乌合之众。

无支祁虽被俘，却始终不肯认输，它挺起脖颈，金黄的双眼直射禹。禹急忙下令给无支祁的脖子锁上大铁链，鼻孔穿上一大串铜铃，将其锁压在位于淮水下游的龟山山脚下，从此淮水便能平稳流入海中。

收拾了水怪无支祁，禹又来到了巫山三峡。

因为三峡地势复杂，需要一群龙来导引水路，其中一条龙漫不经心地导引出错误的水路，还不肯认错，禹便将它斩于山崖之下。因而，至今巫山县还有错开峡和斩龙台。

禹带领大家日复一日，年复一年，用手中的工具一点一点地凿开岩石，火星四溅，挥汗如雨。他们的背影在晨曦中显得那么挺拔，渐渐地，一条新的河道出现了。洪水顺着新河道东去，水位逐渐下降，周围的土地也开始恢复生机。

治水还离不开应龙的帮助。他经常在天空盘旋，巨大的龙翼遮天蔽日，他还用他的神力调节雨水，帮助禹顺利疏导洪水。治水的工作渐渐有了起色，越来越多的土地重见天日，村庄的百姓们重新建起了家园。

为了治理洪水，禹直到三十岁也没有成家。当他走到涂山的时候，忽然见到一只通体雪白的九尾狐，从青丘国方向踱来，九条尾巴如云絮轻摇。禹想起当地民谣："见九尾白狐者可为王，娶涂山女者家道昌。"他暗自纳闷：难不成是天意让我在这里成家？

涂山有位叫女娇的姑娘，眉目如画，歌声比

山泉还清亮。禹一见到她就分外满意，想要娶她为妻，女娇也十分仰慕这位治水英雄。奈何二人还来不及表明心意，禹便又到南方巡视水情了。得知禹将在南方治水数月后，她咬咬牙，派贴身婢女去山脚搭了草棚，日日守着禹归来的路。三个月后，婢女嗓子都喊哑了：“姑娘！那个挖河道的人回来啦！”

女娇奔到溪边，正撞见禹用竹筒舀水喝——他衣襟渗着血痕，脚底的老茧裂得像龟甲，可眼睛却比启明星还亮。

没有聘礼，没有宴席，两人在台桑的野花丛里简单地成婚了。山雀叼来红果当贺礼，溪鱼跃出水面奏乐。新婚第四天，禹便匆匆离开了家，去往别的地方治理洪水。

女娇受够了等待的日子，尤其是她还怀了身孕，更希望和丈夫一同去治水。禹实在拿孕妇没办法，只好同意了。到了轘辕山时，他们发现这里绝壁如刀削，必须打通山体，水流才能顺利经过。禹给女娇分配了送饭的工作，不过他叮嘱道：“我在山崖上挂着一面铜鼓，你一定要听见鼓响再给我送饭。”女娇点头同意了。

禹等女娇走远后，便化作巨熊开山，利爪劈岩，铁掌推石，却不知崩飞的石块砸响了鼓。女娇拎着陶罐赶来，只见一只巨熊浑身污泥在刨土，吓得摔了饭食尖叫逃窜！

禹慌忙追喊："是我啊！"却忘了变回人形。女娇一路跑到了嵩山山脚，眼见巨熊扑来，在绝望中化作了嵩山的一块青石。禹摸着冰凉的石壁，突然察觉到血脉跳动——

"把儿子还我！"他拍石大吼。

石破天惊，一个婴孩在裂缝中呱呱坠地，取名"启"。如今嵩山脚下有块"启母石"，裂缝中隐约可见玉膏流淌，老辈人说那是女娇的眼泪。

经过许多年的艰苦努力，禹和他的队伍终于完成了治水的伟大工程。他们将洪水引入大海，疏通了九条大河，修建了无数的堤坝和水渠。洪水不再泛滥，大地恢复了和平与繁荣。禹的事迹传遍了华夏大地，成为人们口中传颂的传奇。

点拨

大禹敢于和自然灾害作斗争，在失败中总结经验，通过科学创新和艰苦奋斗完成了治水大业。他所体现的公而忘私、民为邦本的精神，成为中华民族精神的瑰宝，被后世代代传颂。

望帝化杜鹃

远古时代的蜀国，有一位贤明的君主叫作杜宇。他在蜀国灾难重重时从天而降。那日，天边忽然亮起一道七彩的虹光，上百只杜鹃衔着五彩云霞铺就了一条天路，托着丰神俊朗的杜宇缓缓而下。杜宇仿佛救世主一般,落在了朱提这个地方。他自立蜀王，号为望帝。

蜀国是一个多山的地方，长江水流到这里，常在细窄的峡谷中徘徊不前，如果水势湍急，便会顷刻之间变成洪水。自从望帝坐镇蜀国以来，日日为洪水忧心。青丝都熬成了白发，洪水的问题还是没有得到解决。

一天，河水边传来一则奇异的消息：一名男子的躯体竟从下游河段漂到了上游河段，撞到河边的石碑，发出了惊雷般的巨响，而人完好无损。望帝随侍卫来到水边，看到人们正用木棍和网打捞他。不料这位年轻男子一到了岸上，就立刻恢复如常，还笑吟吟地向望帝行礼问好。男子自称鳖(biē)灵，是水中活了千年的甲鱼所化。这次前来，是特意帮助望帝解决水患的。

很快，一场大雨点燃了长江水愤怒的火焰，一路倾泻而下直至蜀国。滔滔的水浪在峡谷中像无头苍蝇一样乱撞，终于郁积成洪水，冲垮了附近人们最后的希望。

望帝在王宫中转来转去，一想到在洪水中丧生的人们，他就感到一阵心痛。这时，鳖灵自告奋勇，他带着三千壮士上了巫山，用手中简陋的工具，把巫山凿出了一个大洞。洪水顺着这个大洞流了出来，向周围的河道四散而去，再也提不起原来的气势了。

望帝见鳖灵有这样杰出的才干，便决定把蜀国的帝位让给他。于是，他在祭台之上，举行了一场让位大典。大典进行的过程中，天空中忽然乌云密布，一条闪着金光的神龙在云层中盘旋不止，他吞吐着云雾，发出了震天的龙吟，大雨倾泻而下。众人都以为，龙的出现是对鳖灵做帝王的认可，纷纷欢呼了起来。

望帝让位后，独自一人到西山过起了隐居生

活。他离开的那天，正值春二月，是人们播种的时节。他不舍地从田间缓缓走过，一群杜鹃鸟飞到他的身旁，发出“布谷，布谷”的清亮叫声，仿佛也在欢送他的离去。

一晃两年过去了，望帝已经习惯了山间日出而作、日落而息的生活。这日，他从前的侍卫突然从山下跑了上来，伤心地向望帝哭诉：“自从您走后，鳖灵就将他水中的亲友全部带到了王宫。他们整日横征暴敛、奢靡享乐，蜀国的人民现在苦不堪言呐！”望帝感到自己的心在滴血，此刻他才意识到让位大典那日神龙现身的意义。

他毫不犹豫地冲向王宫，却被鳖灵用镇水剑钉在了神女峰。鲜血染红山花时，一群杜鹃鸟环绕着他的尸身，发出了泣血般的哀鸣。突然，镇水剑下的望帝周边发出了刺眼的强光，转眼间消失在了神女峰的山头，同时一只喜鹊嘶鸣着冲向了云霄。有人说，自那日后，常有一只杜鹃在田间昼夜啼叫，直到嘴角滴血才肯罢休。

你知道吗

在望帝化杜鹃这一神话的影响下，杜鹃在中国古代诗歌中，成为用来表示悲苦心境的意象。找来相关诗歌读一读，体会杜鹃在古诗中的独特含义吧！

从此每逢春日的二三月，杜鹃就飞遍蜀地。它停在老农锄头前歌唱，提醒人们又到了播种的季节。有一次，一只杜鹃飞进王宫啄瞎了鳖灵的左眼——据说是因为那眼里映着望帝一剑穿心时的泪光。

愚公移山

在很久以前，北山脚下住着一位快九十岁的老人，大家都叫他愚公。他家门口杵着两座大山——太行山和王屋山。这两座山位于冀州南部，河阳北面，又高又大，方圆七百里，高耸入云。因为山挡着路，村里人想出趟门简直难如登天：想去南边的豫州赶集，得在山上绕七天七夜；想去北边的汉水探亲，得爬一个月悬崖。愚公看着大山直叹气：“这山不搬走，咱们子子孙孙都得困在这儿！”

愚公便召集全家人商量：“我和你们尽全力铲平险峰，开辟一条直通豫州南部、抵达汉水北岸的路，怎么样？”大家纷纷赞成。

他的老伴却质疑道：“就凭你的力气，连魁父那样的小土丘都挖不动，何况太行、王屋这种大山？挖出来的土石往哪儿堆？”

众人回答道：“咱们可以扔到渤海的尽头，隐土的北边！办法总比困难多！”

于是愚公带着三个能挑担的子孙，凿石挖土，用竹筐将土石运到渤海边上。邻居京城氏的寡妇有个刚换牙的儿子，也蹦跳着来帮忙。他们寒来暑往才能往返一趟。

河曲有个叫智叟的老头，笑着阻止愚公：“你太蠢了！这把年纪连山上的一根草都拔不动，还能拿土石怎么样？”

愚公长叹：“你思想僵化得无可救药！我死了有儿子，儿子死了有孙子，孙子又会生儿子，子子孙孙无穷无尽。可山不会增高，还怕挖不平吗？”

智叟顿时哑口无言，灰溜溜地走了。

山神听说这事，害怕愚公真的挖个不停，连忙报告天帝。天帝被愚公的诚心感动，命令大力神夸娥氏的两个儿子背走大山。一座放到朔方东边（今山西东部），一座移到雍州南边（今陕西南部）。从此，冀州南部到汉水南岸，再也没有高山阻隔了。

华夏源起

——精神的火种

始祖伏羲

传说在西北几万里外的地方，有一片乐土，名叫华胥国。那里十分神秘，你不管是乘车、走路还是坐船，都无法到达，只有极巧合的神游，才能来到这个地方。在这个地方没有高低贵贱之分，人们也没有强烈的欲望，一切都顺其自然，所以人们都很长寿。华胥国的人可以走进水里不怕被淹死，走进火里不怕被灼烧，在天空中飞行如履平地，云雾雷霆、高山流水都无法阻碍他们前进的步伐。

华胥国中有一名女子，号为华胥氏。华胥氏不仅聪慧英勇，还长得明艳动人。

一日，华胥氏到风景瑰丽的雷泽游玩。顾名思义，雷泽是雷神的居所。雷神人面龙身，掌控着天地间的雷电之力，威力巨大，令人敬畏。好在他并不会随意出现在人们面前，因而华胥氏并不害怕。她在雷泽看到了一个巨大的脚印，十分新奇，就用自己的脚去踩着足印玩。和巨大的脚印相比，她的脚小得就像是一粒小黄豆。

然而没想到的是，她肚中涌起了一股异样的感觉。华胥氏并没有将此当作一回事，玩了个痛快之后就回到了家中。没多久，她就发现自己怀孕了。华胥国的人向来遵循自然，她怀孕之后，也没有多想，就选择把孩子生下来。

怀孕怀了十二年后，在一个祥光笼罩、百鸟齐鸣的日子里，忽然间雷声大作，闪电飞舞，华胥生下了一个男孩。男孩长相奇特，生下来便是人面蛇身，和雷神的外表十分相似，浑身散发着如雷电般淡淡的银光，华胥氏给他取名为伏羲。

伏羲渐渐长大，他心思细腻，善于观察生活。有一次，他和小伙伴去河边抓鱼。几个朋友站在水里，挥舞着双手，不停地伸手去抓鱼。可鱼游得太快了，而且身上光滑，根本抓不住。忙活了好久，只抓到两条拇指大的小鱼。

伏羲坐在河边，眼睛盯着水面，若有所思的样子。他禁不住想：要是有一种工具，往水上一放就能抓住鱼儿，那该多好啊！

他的小伙伴一直抓不到鱼，逐渐失去了耐心。他们一脸沮丧地说：“伏羲，这鱼太难抓了，咱们还是回家吧。”伏羲皱着眉头，目光仍紧紧盯着水面，说道：“别灰心，我一定能找到抓鱼的好办法。”小朋友们看劝不动他，都早早地回家了，只有伏羲一人在河边思考着。

突然，他看到旁边闪烁着五彩光芒，便顺着光找过去，原来是一只蜘蛛在织网。只见它动作敏捷，很快，一张精美的网就织好了。不一会儿，一只蝴蝶撞到网上，怎么也挣脱不了。

伏羲眼睛一亮，兴奋地跳起来，大喊：“要是能做个像蜘蛛网一样的东西，肯定能抓到好多鱼！”可是，人又不会吐丝，怎么做网呀？但伏羲转念一想：可我们有和蛛丝差不多的东西呀，我们可以用绳子编。

伏羲赶紧跑回家，找来细细的绳子，在地上铺了八条，分别对应八个方位。然后，他找来一条更长的绳子，仿照蜘蛛织网的样子，从里往外一层一层地编，最后编出了一张硕大的网。

他背着网来到河边，用力把网撒进水里，等了一小会儿，再使劲拉网。哇！网里装满了活蹦乱跳的鱼，比平时多了几十倍。族人们看到这么多鱼，都开心得欢呼起来。晚上，他们围坐在篝(gōu)

火旁，吃着烤鱼，跳着舞，快乐极了。伏羲把织网捕鱼的方法教给大家，从这以后，大家再也不用担心饿肚子了。

一天，伏羲正准备去树林里打猎。清风拂过，树叶沙沙作响，枝头的小鸟叽叽喳喳地歌唱，天上的雄鹰不时展示高亢的嗓音，这些声音交织在一起，格外动听。

就在这时，远处飘来一阵若有若无的旋律。那声音空灵美妙，让伏羲忘记了所有的烦恼，沉醉其中。

不一会儿，他顺着声音，来到了一棵梧桐树下。只见空中绽放着金色的光晕，高高的梧桐树上伫立着两只神鸟：一只头戴金冠，身披彩衣，透露着刚健之美，它自称为凤；一只头戴五彩宝冠，身披素衣，身姿优雅，它自称为凰。

你知道吗

凤凰被誉为“音乐之鸟”。《庄子》描述凤凰一类鸟的特征为“非梧桐不止，非练实不食”，传说中凤凰的鸣叫之声与笙箫类的乐器相似，而梧桐树正是制作琴瑟的上好材料。

凤在琴身左侧，以刚劲有力的节奏拨动琴弦，激烈昂扬；凰在琴身右侧，以轻柔灵动的指法应和，温婉悠扬。凤和凰在五弦琴上奏出的旋律，时而像春天里奔跑的小鹿，时而似宁静的湖面泛起的阵阵涟漪(yī)，令人沉醉其中。

当最后一个音符悠悠飘散时，凤和凰双双振翅高飞。它们的身姿越来越小，最终消失在无垠的天空。只留下空旷的蓝天，仿佛刚才的一切只是一场梦。

伏羲仍沉醉在动人的余音中，久久难以自拔。等回过神，伏羲决定要造出一把同样的琴，这样就能让更多的人感受美妙的旋律。

他先在山林深处找到了一棵材质绝佳的梧桐。又费了好大的力气，将梧桐木最坚硬的部分砍了下来，运回家中。接着，他凭借着惊人的记忆和灵巧的双手，开始制作琴身。

他仿照天时，做成一把长三尺六寸、宽六寸的半弧形琴身；又在琴身上雕刻了刚才的凤和凰，细细打磨每一处棱角。随后，又取来漆树的汁液，均匀涂抹于琴身，为它着色。经过九九八十一天的漫长等待，一件古朴而富有神韵的琴身就完成了。

然后，他找来五根坚韧的丝线，把它们均匀地绷在琴身上。刚开始，琴弦不是太松就是太紧，发不出完美的音。他一次次地调整，经过上千次的尝试，琴弦终于奏响了悦耳的音符。

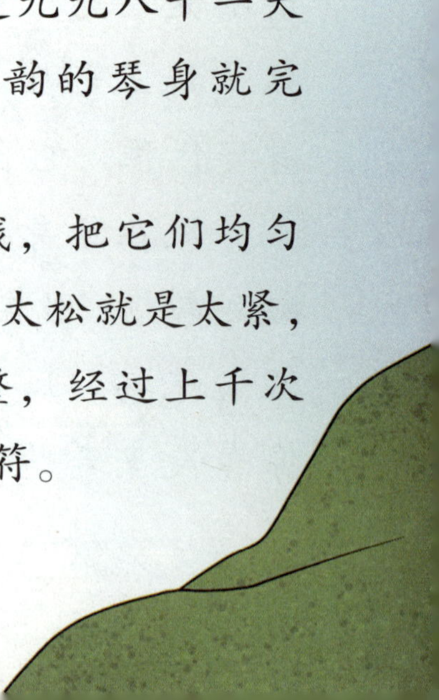

伏羲轻拂琴弦，美妙的音乐流淌而出。他不断地摸索、练习，创作出许多动听的曲子。族人们围坐在一起，听着伏羲弹奏的音乐，都沉浸其中，所有的烦恼都烟消云散。而且，这音乐似乎有一种神奇的魔力，能让受伤的人加快痊愈，让疲惫的人恢复精力，让伤心的人不再难过，让快乐的人更加欣喜。

伏羲把做琴的秘诀和弹奏的方法传授给部落后，还会在闲暇之余琢磨创作和谐美妙的乐曲。渐渐地，他谱的曲子越来越多，对音乐的理解也越来越深刻。他觉得音乐背后有着更精深的奥秘，在等着他发现。

伏羲重新仔细地观察天地万物，他发现，这个世界总是有白天也有黑夜，有火也有水，有男人也有女人，有天空也有大地，有山川也有湖泽……整个世界都是两两相对。这到底说明了什么，该怎么表示呢？他绞尽脑汁，苦思冥想，常常枯坐一天也理不出头绪来。

有一天，狂风大作，电闪雷鸣，整个天空都被乌云包得严严实实，看不到一点亮光。忽然，一道金光从远处射来，瞬间照亮昏暗的天空。这时，天空中赫然出现一只庞然大物。它生着威严的龙头，龙须随风律动；身似骏马，矫健有力；眼神锐利有神，透露着威严的气息。尤其令人瞩目的是，它背上浮现出一圈极为耀眼的金光，如同一轮新生的烈日，映在漆黑的云间。

伏羲仔细地观察它背上的金光，他发现金光里藏着一些长短不一的线条，一共有八种形式，围成一个圆环。伏羲受此启发，立马想到：这不就是可以代表万物的符号吗？他赶紧把这些线条的排列次序和长短组合记了下来。

他根据事物的属性和性质，以“—”为阳，以“--”为阴，阴阳相生相克，相互补充。分别给八个符号命名为乾(☰)、坤(☷)、巽(xùn)(☴)、震(☳)、坎(☵)、离(☲)、艮(gèn)(☶)、兑(☱)，各自代表自然界的天、地、风、雷、水、火、山、泽。

就这样，八个形态各异、蕴含深意的图案——八卦诞生了。八卦不仅能表示具体的事物，还能容纳世界上的万事万物。

你知道吗

根据现代学者研究，八卦很有可能是一种历书，有计算时日、推演节令的作用。在农耕时代，对节令的判断直接影响到粮食的生产，因此历书的发明是我国文化史上的一次重大飞跃。

神农尝百草

远古时期，有一位美丽的女子名叫女登。她在华山游玩时，意外见到了一条巨大的金龙，金龙身上的金光飞进了女登的肚子里。没过多久，女登就怀孕了。

自从女登怀孕后，她所在的部落就出现了九口同样大小的水井。这九口水井相互连通，如果取用一口水井的水，其他井的水都会变动。

孩子出生这天，九口井的水一齐喷涌而出，引得人们驻足观看。

这孩子天生长相奇特，身体是透明的，五脏六腑清晰可见，头上顶着两只角，身后还有一根可爱的尾巴。

女登给孩子起名叫神农。神农虽然长得和其他人不一样，但他内心善良，机智聪明，部落里的人都很喜爱他。

一天，神农正在外面寻找食物，头顶上突然

掉下来一些黄色的颗粒。他抬头望去，原来刚才有一群鸟儿经过，这些东西正是从它们的嘴里掉下来的。他顺着鸟儿飞来的方向，在一片杂草中，找到了几株植物，上面挂满了这些黄色的果实。

“鸟儿都可以吃，那人应该也能吃吧？”神农半信半疑地把它们带回了部落。他把外面的硬皮剥了下来，留下两捧果实放在火上炙烤。不一会儿，果实的香味飘散，神农迫不及待地尝了一把，果然香甜可口，他吃了四五把就饱了。

“果然是好东西，如果有很多这样的果子吃，大家就不怕饿肚子了！”他把这种果子命名为“黍(shǔ)”，这样就方便人们称呼它了。

任务

神农氏是农业始祖。中国古代还有“神农播五谷”的神话传说，可以找来读一读，感受更丰富的神农形象哦！

神农把黍能吃的消息告诉了部落，整个部落都非常感激他，纷纷选举他当部落首领。神农成为首领后，人们都尊称他为“炎帝”。

虽然地位比以前高，但神农从未骄傲，依旧继续为部落寻找像黍这样的食物。虽然不再挨饿了，但部落里每天依旧有人死去，死于各种可怕的疾病。神农想：既然有植物可以解决饥饿问题，也一定有植物能够治疗疾病。他决定去寻找药草，治好部落民众的疾病。

他只身上路，只背着一个箩筐。沿路遇到的每一株植物，他都会先把它们的大小、形态、颜色记在脑海，然后再采下它们的叶子或果实，放入口中品尝，观察自己身体的反应。就这样，神农找到了许多药草，还意外发现了不少可以吃的作物。很快，找到的药草和作物就已经塞满了箩筐，他回到部落，把自己知道的药草知识教给人们。

等人们认识了这些可采摘的药草，神农便再次踏上寻药之路。这一次，他走进了森林深处。

这次他的运气没那么好。在一棵大树旁，神农遇到一株植物，它开满了淡黄色的花朵。他尝了一片叶子，透明的肚子立马蜷曲起来，剧烈的疼痛传遍全身。神农拼命地吃解毒草，但是无济于事。他的嘴唇已经变成紫黑色，看不见一点生机。

这时，森林深处飞来一团银

光。原来是一只全身透着银光的白鹿，它的嘴里衔着一支像伞盖一样的东西，它把“伞盖”放到了神农的嘴里。神农嚼了两下，身体不再颤抖，又嚼了两下，整个人都恢复了元气。

见神农脸上有了血色，白鹿便用鹿角轻轻点他的尾巴，很快身体里的毒素就跑到了尾巴上，最后尾巴竟变成了一根红褐色的鞭子。神农用鞭子碰一碰刚才吃的叶子，鞭子立马变成了黑色，又用鞭子碰一碰药草，鞭子则变成了鲜艳的红色。神农知道这是白鹿送给自己能辨百草的神鞭，感恩地向它拜谢。

白鹿告诉神农，刚才他吃的东西叫灵芝，只长在陡峭的悬崖上。“如果你还想要的话，就跟我一起走吧。”白鹿回头对神农说，接着便转身跑到了森林里。

神农紧紧跟在它后面，一直跑到了悬崖边，但白鹿突然就没影了，只有呼呼的山风吹着他的衣衫。神农往下看，山下雾气笼罩，什么都看不清。直到阳光穿透浓雾,才能勉强看清悬崖的情况。上面稀稀拉拉地长着几棵灵芝。为了生病的族人，神农顾不上危险，手脚并用地靠近灵芝。可那石壁又陡又滑，突然，他脚下一滑，整个人直直地掉了下去。幸运的是，下方有棵松树伸出枝丫，稳稳地接住了他。

有了前面的经验后，他就在山上找了一根又长又结实的藤条，牢牢地绑在自己腰上，再把另一头拴在崖顶的大石头上。就这样，他顺着藤条，小心翼翼地把悬崖上的灵芝都摘了下来。神农带着满满的收获，匆匆赶回部落，用灵芝治好了大家的病，部落里又充满了欢声笑语。

不仅如此，神农还把自己的知识教给了其他部落，帮他们治好了许多病。在他的努力下，疾病变得不再可怕，人们得以更加健康、安定地生活。

点拨

神农尝百草的故事，是中国早期医药发展史的缩影。在神话传说中，神农为医药事业的进步作出了巨大贡献，被尊称为“医药之祖”。

黄帝造舟车

相传黄帝是伏羲与女娲之孙，出生时天生异相，长有四张脸，分别面向东、西、南、北四个方向。他的目光睿智而清澈，仿佛能洞悉世间万物。当他后来成为中央之帝时，便可以时刻监管四方。

点拨

传说中，少典是伏羲与女娲之子。少典与附宝结为夫妇，生黄帝；与有蟜（jiǎo）氏生炎帝。

随着时间的流逝，黄帝渐渐长大，他聪慧勇敢，拥有领导者的意识与气魄，部落中的人纷纷推举他做首领。

一天，黄河对岸的部落传信过来，称自己急需一种药草治病救人，而黄帝部落刚好采集到了这种药草，便急忙派人运送过去。然而，横亘在两个部落间的黄河浩浩荡荡、波涛汹涌，实在难以跨越，药还没有送到，病人就已经疼痛而死了。

黄帝听到这个消息非常痛心，他想：如果能

快点把药材送过去，也许那个人就能得救了。而且河水虽然是族人生活的重要资源，却也实实在在地限制了人们的出行。他拖着沉重的步伐，沿着黄河缓缓往回走，一路上垂头丧气。

他看到缓缓落下的树叶，似乎也在责备他错过了挽救生命的重要时机。

忽然间，黄帝的眼中又重现了光彩。他认真地盯着树叶，发现有一只小蚂蚁正乘着树叶在黄河中徜徉，即使河水湍急，它仍旧稳稳地浮在上面。黄帝心中默默思索着：如果造一个像树叶一样能够浮在水面上的东西，我们人不就也能在河里自由来去了吗？

黄帝灵机一动，很快召集族人搬来一根大木头，扑通一声把木头推进水里。只见木头稳稳地浮了起来，黄帝眼中的亮光愈发灼热，兴奋得满脸通红，连滔滔的河水也在为他的奇妙发现而欢腾。

可是，当黄帝迫不及待地想爬上木头时，脚刚踩在上面，木头就剧烈晃动起来，他一个不稳，“噗通”一声掉进了水里。黄帝迅速从水中冒出头，接连尝试了十多次，一次也没有成功。

黄帝开始仔细观察树干，他发现问题的根本在于树干是圆的，人站立在上面就难免会滚动，接着掉入河中。黄帝思来想去，决定把树干掏空，这样既有足够的空间让人坐下，又能大大减轻树干的重量。

一根中空的树木很快就制作好了，当它成功地载着三四个人在水中漂浮时，人们忍不住发出了响亮的欢呼声。后来，为了更好地控制方向，黄帝又用树枝为这水上之木配了桨，并给它取名为“舟”。有了舟和桨，渡过黄河就变得轻而易举，原本半个月的路程，现在半天便能够抵达，人们出行的效率大大提高了。

黄帝很快把造舟的方法教给其他部落，他们造了许多大小不一的舟。他发现，木头越大，舟在水里就越稳定，而且能承载的人也越多。

但是，大木头很重，人们搬运起来非常费劲，常常需要好多力士搬抬几天才能送到水边。族人的大量精力耗费在这里，这又成了黄帝的一块心病。

一年夏天，黄帝正在土地上埋头苦干，豆大的汗珠顺着脸颊滑下。正巧一阵风吹来，将黄帝的燥热散去了不少。不料在黄帝迎风吹拂之际，他的草帽被吹到了地上，还在风的助力下滚出了好几丈。黄帝灵光一现，他想：如果做一个宽大的架子，再把滚圆的东西放在架子下，只要下面的东西滚动，不就能带动上面的重物了吗？

于是，他带领部落里的工匠把圆木砍成段，又将木段竖着摆放，作为“车轮”。他在车轮的上面铺上一个长方形的木板，作为“车架”。为了让车轮灵活地转动，他在车轮的中间位置钻出小孔，用削得光滑的木轴穿过去，把车轮和车架牢牢连接在一起，样子就像现在的独轮手推车。

黄帝迫不及待地让族人把重物放在车架上，自己推着车架向前走。他推着车架，稍用点力就将重物运送到了目的地，这相当于十个大力士一天的工作量。

后来，为了更好地控制车的方向，他又给车架加了两个把手。人们双手握住把手，就能让车架随着自己的意愿走动了。

原始的车发明出来以后，黄帝源源不断地对它进行改进。他为独轮车加了一个轮子，对称放在左右两侧，提升了车的稳定性。他还试着把车

套在牛或马的身上，借助牲畜的力量，拉动车子向前跑。这样一来，车子不仅能运送物品，人也能坐在上面，大大解决了运输和出行的困难。

自从黄帝造出舟和车，部落的生活便有了翻天覆地的变化。此后，人们能够安全渡过湍急的河流，获得更丰富的资源，探索更广阔的世界。

点拨

一切事物的创造发明，都是劳动人民实践的结果。神话中将其归功于某位帝王，是为了标志这个时代突出的文化成就。

据说有一次黄帝乘车东巡至东海海滨，海上云雾渐渐散开，一只神兽踏浪而来，步子颇为优雅。只见那神兽通体雪白如月华，目含星辉，角似水晶枝杈——它正是通晓天地秘闻的白泽。白泽十分聪慧，能口吐人言，知晓天地鬼神之事。黄帝便趁机询问世间精怪游魂，白泽果然无所不知、无所不晓，一共说了一万一千五百二十种。白泽一边讲解，黄帝一边命人把白泽所说的精怪绘成图册，并在旁边加上注解，以传授给天下人。

炎黄之争

相传炎帝与黄帝本是同父异母的两兄弟。长大后，两人分离两地，一个生活在姜水边，一个生活在姬水边。

> **你知道吗**
>
> 据古典文献记载，炎、黄二帝的关系有同父异母、同母异父、同父同母等多种说法。这些记载共同反映了历史上炎、黄两个部落之间紧密的联盟关系。

在姜水一带，炎帝领导着一个强大的部落。他教导族人种植五谷，以草药治病，深受百姓爱戴。炎帝还拥有神奇的控火术，能为庄稼提供合适的温度，促进谷物茁壮成长。作为首领，他也能用火抵御外敌。

在姬水一带，黄帝同样领导着一个强大的部落。黄帝教会人们造舟、造车，用工具解放了人们的双手双脚，在百姓中威望极高。与炎帝相对，黄帝拥有控水的能力，能为庄稼引来雨水，浇灌田地，也能用雷电驱赶猛兽和敌人。

起初，黄帝部落和炎帝部落各自为政、相安

无事。他们常常互相分享本事。黄帝部落学会了使用草药治病，炎帝部落学会了造舟、造车，两片水域的人们都过着安居乐业的生活。

可随着时间流逝，部落里的人越来越多，对资源的需求越来越大。黄帝部落想多些木材造舟车，炎帝部落想多些好地种粮食。炎、黄二帝虽一直相处和谐，双方却都暗暗地想要在联盟关系中占据主导地位，矛盾积蓄已久，战争一触即发。最终，双方的战争于阪泉之野展开。

战争第一天，阳光格外闪耀，刺得黄帝部下睁不开眼。而炎帝是太阳神，他的部落能吸收太阳的力量,更加斗志昂扬。黄帝站在高高的战车上，身边跟着威风的应龙。应龙是上古神兽，它的翅膀展开能遮天蔽日，它吼一声就能呼风唤雨。应龙看黄帝的军队被太阳晒得没有生机，立刻展开双翼。顿时，天空变得昏暗起来。

将士们即刻恢复了面色，黄帝看准时机，大手一挥，喊道:“冲啊！”军队像潮水一样冲向炎帝阵营。炎帝毫无怯色，他嘴里念念有词，双手一甩，眼前“呼”的一下冒出一团大火，烧出一道火墙，挡住了黄帝的军队。

两边士兵打成一团，只能听到兵刃碰撞的叮当声和双方将士震天的喊杀声。黄帝指挥队伍摆成一个圆环，想将炎帝的人团团围住；炎帝带着手下组成方阵，奋力突破黄帝的围攻。双方从早打到晚，伤亡甚重，还是没有分出胜负，只好先停战。战场上血流漂杵，空气中弥漫着难闻的血腥味。第一次作战，双方不分胜败。

第二天，天刚蒙蒙亮，黄帝就已经列好队准备陷阵杀敌。他吸取前战教训，派出翱翔于天空的雕和老鹰，飞到敌军阵营刺探敌情。原来，炎帝和他的部下此时还懒洋洋的，没有打起精神呢！黄帝即刻请来猛兽军团做军队先锋，一路攻城略地，直捣炎帝部落。炎帝军队措手不及，霎时乱成了一锅粥。

炎帝看情况不妙，急忙鸣金收兵。随后，他闭上双眼，扎下马步，气沉丹田，喷了一团熊熊燃烧的火焰。这火焰，不偏不倚飞到了黄帝身前。这一团火为炎帝部落赢得了脱身的机会。第二次作战，以炎帝的失败告终。

短暂的休息过后，第三次大战打响。这次黄帝没有立刻施展神力，而是率先拿着长矛，站在

马车上冲向敌人。黄帝部落的人见首领如此勇猛，士气大振，纷纷效仿，向前冲锋。炎帝部落的人也不甘示弱，炎帝一手持着长鞭，一手拿着长戈迎敌。炎帝部落的人紧随炎帝，在战场上与敌人展开厮杀。

经过漫长而残酷的战斗，黄帝部落凭借着马车的优势，逐渐占据了上风。而炎帝部落的士兵眼看身边人一个接一个地倒下，丧失了斗志。军心已经涣散，炎帝只好无奈地宣布投降。

黄帝获得了胜利，而炎帝也败得心服口服，自此两个部落合二为一，拉开了华夏民族英雄时代的序幕。直到现在，我们都时刻铭记着炎帝和黄帝创造的光辉灿烂的文明。

点拨

神话中总有历史的影子。炎黄之争是神话传说中一场旷日持久的战争，反映了原始社会部族之间的矛盾与冲突。经过这次大战，华夏族逐渐构建起来，这对中华民族的形成有着深远影响。

黄帝战蚩尤

阪泉之战后，炎帝战败，他率领部族融入黄帝的部落。人们日出而作，日落而息，过着平静、安宁的日子。

但是好景不长，在炎帝统治的南方大地上，崛起了一支名为蚩尤的巨人部族。他们是炎帝的血脉后裔，却比先祖更凶猛强悍——全族八十一兄弟，个个长着铜头铁额，身躯似巨兽，却能口吐人言。另外最厉害的首领，便以蚩尤为名。到后来越传越奇，有人说蚩尤是人身牛蹄，四目六手；有人说蚩尤头上生有尖角，耳旁毛发直竖如剑戟；有人说蚩尤八只手八条腿……更奇的是他的食谱，他把砂石混着生铁块当作饭食，嚼得火星四溅。百姓传言："蚩尤咬断一座铁矿山，就像折断一根树枝般轻松！"这位战神最可怕的本领是铸造各种兵器，如长矛、画戟、巨斧、盾牌、弓箭等，这让蚩尤部落如虎添翼，战力更进一步。蚩尤天生神力，本领高强，渐渐地，他不再满足于自己的领地和地位，甚至想与黄帝争夺天下共主的位置。

第一步，蚩尤先要把老祖父炎帝赶下首领之位。于是他带着摩拳擦掌的弟兄们和一群害人的魑魅魍魉（chī mèi wǎng liǎng），袭击了炎帝。炎帝一时不备，再加上

不愿子民受战火之苦，竟且战且退，一路从南方避让到北方的涿鹿。就这样，蚩尤取代炎帝，成了南方天帝，以炎帝之名自称。

不过这小小的南方天帝之位根本无法满足蚩尤的野心，下一步，他鼓动了南方能征善战的苗民一同发起叛乱。时机成熟了，他带着大军一路浩浩荡荡来到了涿鹿，炎帝勉强在此处和蚩尤打了几仗，最后实在抵挡不住蚩尤的进攻，赶忙向黄帝求援。

黄帝听说此事，立刻组织大军来到涿鹿与蚩尤一决高下。于是，蚩尤带着他的部落，气势汹汹地朝黄帝发起了猛烈的进攻。黄帝应战匆忙，竟然九战九败。

点拨

关于涿鹿之战的起因，历来有不同的说法。中国神话因起始年代久远，文献材料较为零散，所以很多因果、情节难以厘清。但也正是这一特点为中国神话留下了更丰足的想象空间。

一次双方在作战时，蚩尤突然口喷浓雾，把黄帝的军队团团困在大雾中。黄帝的军队被突如其来的迷雾弄得晕头转向，完全辨不清东南西北。兵器碰撞声、士兵的喊叫声交织成一片。

蚩尤趁机派出魑魅魍魉，让其以怪声迷惑，令人陷入恐惧。随之，南方的三苗之民忽隐忽现，左劈右砍，将黄帝的军队打得七零八落。战场上哀号不断，鲜血横流，连白雾都被染成了红色。

黄帝慌忙组织军队，试图冲出大雾的包围，然而冲杀了大半天，还是被困在茫茫大雾之中。这下子黄帝也没有办法了，好在他手下能人辈出，一个叫风后的臣子急中生智，想到了办法：天上有北斗七星可以帮人们指方向，若是发明一个类似的工具，不管怎么转，都能指着一定的方向，就可以解决在大雾中不辨方向的问题了。于是，他在战场上临时改造战车，制作出一辆指南车。指南车的前面是一个铁制小人，永远伸出手臂指向南方。跟随着指南车，黄帝大军顺利地冲出了大雾的包围。

即便破解了大雾，但以怪声迷惑人的魑魅魍魉，还是不容小觑（qù）。魑魅长着人脸兽身，四只脚；魍魉浑身黑里透红，像个三岁的小娃娃，有着长耳朵、红眼睛和乌黑的长发，喜欢学人说话。后来黄帝打听到魑魅魍魉最怕龙吟，便命人用牛羊角制作的号子吹出悠长的龙吟声，让那些精怪胆战心惊，不敢再作怪。

黄帝手下还有一条神龙，名为应龙，应龙背生双翅，能蓄水行雨。于是黄帝便派应龙出战。只见应龙张开双翅，盘旋在战场上空，准备布雨。没想到蚩尤唤来了风伯雨师，即刻兴风作雨，不一会儿，黄帝的军队都被淹没在了汪洋中。士兵在水中艰难挣扎，武器被雨水冲得七零八落。黄帝的军队陷入了无法行动的绝境。应龙自然不敢继续下雨，否则对黄帝的军队来说只会雪上加霜。

然而黄帝似乎早有准备，他胸有成竹地派出自己的女儿魃(bá)。魃身着青衣，面蒙白纱，口中轻念口诀，便化出滚滚热浪。热浪所到之处，水瞬间化为气体，眨眼间就消失不见。不仅如此，她还控制热浪，径直穿透雨师的身躯，把他肚子里的所有水汽一并蒸发。只是可怜的魃被邪气侵染，从此只能滞留人间，无法回到天上。魃只能在大地上游荡，因为她经过的地方总是遭逢大旱，因而人们称她为旱魃。当旱魃出现时，人们总会念着咒语“神北行”，驱赶她到别的地方。

蚩尤见此计不成，暴跳如雷。他随即命令八十一个兄弟，挥舞着硕大的兵器，向黄帝的军队冲去。他的兄弟个个身长三丈，身强力壮，手握尖刀兵刃，喊杀声震天动地。冲来时，遮天蔽日，令人心生寒意。黄帝自知不敌，只好下令撤退。

这时，黄帝无意中听说：用凶兽“夔(kuí)”的肚皮做成鼓

你知道吗

传说中，夔是外形似牛，只有一只脚的神兽，商周青铜器上有许多夔状的纹样。尧帝即位后，曾任命同名的夔为掌管音乐的乐官，他们虽有相似，却并不相同哦！

面，用雷神的腿骨做成鼓槌，两者碰撞发出的声音，能够阻挡一切，足够打败蚩尤的八十一个兄弟。夔外形像牛却没有角，苍黑色，只有一只脚，能够自由出入大海，且出入时总是伴随着暴风雨，闪烁的光芒如日月之辉，叫声宛如雷霆。

黄帝随即让应龙取来夔的肚皮做成鼓面，自己到雷泽取来雷神腿骨做成鼓槌。他拿起鼓槌，用力敲打鼓面，“咚咚咚”的鼓声震耳欲聋，声闻千里。每敲一下，蚩尤兄弟的速度就会慢几分，原本速度飞快的八十一个人，渐渐停在原地不能动弹。

黄帝抓住机会，边擂鼓边下令让将士冲锋。没过多久，蚩尤的八十一个兄弟就都被黄帝的兵士斩杀，尸体堆成了一座小山。

蚩尤见自己的兄弟一一被杀，胸中的怒火不可抑制，他的双眼变成了血红色，直勾勾地盯着黄帝。蚩尤一方对黄帝充满了仇恨，他们的骨气也不允许他们投降。这时，有人提议去请夸父族帮忙，毕竟同为巨人族，他们还算有些交情。

夸父族是后土大神的后裔，住在成都载天山上。他们虽然高大，却性情温和。当见到蚩尤派的人之后，夸父族大多数人都婉拒了对方的邀请，他们不喜欢血腥的战争，但也有少数夸父族人同情蚩尤失去了所有的兄弟，愿意帮助蚩尤报仇。

蚩尤拉上夸父族相助，又恢复了气焰，跟黄帝的军队打得有来有回。黄帝正犯愁时，天上竟飞下来个人头鸟身的女仙“玄女”。她特地来向黄帝传授兵法，从此黄帝指挥作战，便学会了使用阵法，更加变化莫测。正巧昆吾山挖出了火一般的赤铜，黄帝赶紧叫人将这宝贝打造成神兵利器，宝剑铸成之后，竟然变成了青色，通透如水晶，寒光逼人，削铁如泥。黄帝得到了九天玄女传授的兵法，又得到了神兵利器，顿时士气大振。蚩尤和夸父族人虽然力气大得能扛山，但缺乏谋略智慧，被黄帝耍得团团转。最后一场战争打得天昏地暗，应龙张开翅膀低空盘旋，一爪子杀死一个蚩尤族和夸父族的人，一尾巴又扫倒一片敌人。然而这立下汗马功劳的应龙和魃一样，被邪气侵染，再也飞不回天上了。后来应龙只能居住在南方的山泽中，因此至今南方还是雨水较多。其他地区的人为了求雨，便会集合众人扮作应龙跳舞。

蚩尤见大势已去，索性将生死置之度外，只

一心为兄弟报仇。他猛地将手中的巨斧甩在地上，手里拿着八把寒光闪闪的利刃，以极快的速度冲向黄帝。黄帝没有丝毫胆怯，他骑着骏马，风驰电掣般迎战。蚩尤将八把武器一齐刺向黄帝，黄帝跃马而起，转身绕到蚩尤身后，只见宝剑寒光一闪，一颗硕大的脑袋就落到了地上。蚩尤的鲜血染红了盐池，后来盐池产出的盐都是血红色的。

虽然蚩尤战败了，但他的神勇给人们留下了深刻的印象。蚩尤的身躯和头颅分别被葬在不同的地方，当地人每年十月便会祭拜他。据说每当那时，蚩尤墓中便会有一道红雾直冲云霄，宛如悬挂着一面旌旗，人们称之为蚩尤旗。后人还会头戴牛角摔跤，模仿蚩尤和敌人作战，演“蚩尤戏”。

蚩尤死后，黄帝的部落声名远扬。此战过后，各个部落纷纷前来归附，华夏大地自此进入全新的时代，人们在这片土地上繁衍生息，创造出了灿烂的华夏文明。

尧的故事

尧，姓伊祁，名放勋，是上古帝王高辛氏帝喾的儿子。他的母亲是陈锋氏的女子，叫庆都。一天，庆都忽然见到赤龙自天而降，回去后不久便怀孕了，十四个月后在丹棱生下了尧。

点拨

远古时期，人们不了解生育的原理，往往将妇女妊娠(shēn)解释成一种感应现象，这也是后来感生神话的发源。《春秋公羊传》总结道：“圣人皆无父，感天而生。”

尧生来就带着不凡的气象：眉骨隆起如日轮，双目炯炯(jiǒng)似星辰，手掌纹路暗藏山河脉络。长大后，他被封到陶地（今山东省菏泽市定陶区）治理一方，虽然统治天下，但他的生活还是十分俭朴。饭食羹汤都用土做的器皿盛放，冬天披着最便宜的小鹿皮大衣，夏天穿着葛麻做成的粗布衣。他对吃穿毫不讲究，但当时南到交趾，北到幽都，东到日月所出处，西到日月所入处，普天之下的人民，都被尧的德行折服。后来尧改封唐地（今山西临汾），号陶唐，谥号尧，后人便尊称他为“唐尧”。

在尧当政期间，发生了不少神奇的事。

相传尧的宫殿里，生着两株奇草。一株叫蓂(míng)荚(jiá)，生长在尧帝的庭阶旁。蓂荚草十分神奇，它自每月初一起，每天都会结一个鲜嫩的豆荚，到当月十五，就会有十五枚翡翠般的豆荚满挂在小草之上。而下半月，蓂荚草会每日凋落一荚，月底时就全部落尽。如果遇到小月只有二十九天，最后一枚豆荚焦枯悬枝，倔强不落，尧帝就会把它留下来。这样周而复始，尧每日上朝前数一数豆荚，便知今夕何年何月，比历法还要准。

另一株叫萐(shà)莆(pú)，也是一种瑞草，它生长在厨房的碗橱角落里，呈蒲扇状。它的叶片无风自动，不仅凉风习习，还能驱走蝇虫。三伏天里，鲜肉存放三日不腐，粟米饭隔夜不馊。尧常对臣子笑言：“此草胜百仆。”据说这两株瑞草，正是感念尧帝勤政爱民的德行，才专门生长在这里的。

贤君明主的身边必少不了能人辅佐。尧帝身旁就有许多青史留名的能人。

其中有一位，名作皋陶(yáo)。他脸色青绿，嘴巴高高地凸出了一块，虽然其貌不扬，却断案如神，尧帝便任命皋陶为司法官。皋陶养了一只独角神羊，叫作“獬豸(xiè zhì)”，天生有识别罪人的神力。一日，两个商人为一面玉璧争论不休，这个说是他的，那个也说是他的；谁也不肯相让。闹到了皋陶面前，他便让獬豸去断案。如果来人有罪，獬豸便会用羊角去触碰他，如果无罪，獬豸便不会有所动作。獬豸毫不犹豫地冲向了两位商人中的一个，果然从他的袖中搜出了形似的赝(yàn)品。

尧帝即位后，委派夔充当乐官。夔独腿拄杖，却精通音律。他在雷泽畔敲击磬(qìng)石，谱出了尽善尽美的音乐。演奏时，山鹿踏节、玄鹤振翅，连黄河浪涛都随之起伏，百兽都不由得舞蹈起来。

尧帝在位七十年的时候，祗(zhī)支国进献了一只重明鸟。这神鸟形似锦鸡，双目各长着两个瞳仁，又名双睛鸟。它的鸣声如凤唳(lì)九霄，平日就栖在梧桐枝头饮玉露。如果遇到妖魔便褪尽彩羽，赤身冲入云霄，用尖利的喙和爪将妖魔驱逐到千里之外。百姓见重明鸟这样厉害，就将它的神像雕刻在门楣上，夜间磷火鬼影一见到神像便远远地躲开了。不过重明鸟来去无踪，虽然赠送给了尧帝，却并不经常出现。据说有年大旱，重明鸟忽然从天而降，绕着田地盘旋不止。三日后，天边乌云密布，一场大雨滋润了干裂的土地，枯萎的稻谷也重新焕发生机。重明鸟就在雨中缓缓退去，飞走时，它的翅膀闪着耀眼的金光，划破了寂静的长空。

在尧帝的统治下，人们一直过着平安顺遂的日子。但尧帝日夜操劳，身体逐渐支撑不住，肉眼可见地消瘦下去。这时，一位自称偓佺（wò quán）的采药人来到了王宫。因常年吞食松脂、茯苓，偓佺浑身白毛覆体，眼瞳化作方形。他能追奔马、擒狡兔，却偏爱攀登绝壁采摘仙草。他见尧帝形销骨立，便献上千年松子："服下这松子，可以益寿延年，活到三百岁。"尧帝不为所动，他不求长生，只希望国泰民安。于是，他将松子分赐给老臣，吃过松子的人果然白发转成了青丝，满面红光，像年轻人一般。唯独尧帝，在白发苍苍中渐渐老去了。

尧一百一十八岁那年，自知大限将至。群臣上书，想为他修建陵墓，但尧帝拒绝了。他命令宫人拆除宫墙

点拨

尧不注重自己的物质生活，将毕生精力放在治理国家上面。统治者的勤政爱民关系到国家的发展繁荣，尧的故事反映了先民对贤德的部落首领的感念和爱戴。

的砖石，为百姓铺路；还命工匠将殿梁的木材取下来，为百姓建造舟车。临终前，尧帝将首领之位传给了舜，说：“天下不是一个人的天下，只有有德之人才配居帝位。”舜接任帝位后，在尧帝的床前泪流满面。

尧帝逝世那日，蓂荚草十五枚青荚同时凋零，萐莆叶无风自折，重明鸟长鸣三声西去，颍水逆流三日——天地同悲，万民穿丧服志哀。然而圣王虽然逝去，那“允恭克让”的德政之风，却一代一代传了下去。它深深渗入华夏民族的血脉之中，化为晨钟暮鼓间的永恒传奇。

舜的故事

很久很久以前，妫(guī)水河畔，住着个叫瞽(gǔ)叟的盲眼琴师。有天夜里，他梦见金翅凤凰衔来五色米粒，放到自己的床边，随后它开口说道："我乃天上神凤，与你有一段父子之缘。"瞽叟立时惊醒，但凤凰已经消失不见，只有枕边的彩色米粒熠熠生辉。

没过多久，他的妻子果真生下个男孩。这婴儿右眼天生有两个瞳仁，像嵌着两粒黑珍珠，他们为他取名为舜，又因眼睛的不同寻常，叫他重华。

舜三岁时，母亲上山采果子，不慎跌落悬崖。母亲死后，父亲很快续娶了位刻薄妇人，生下一儿一女。后母把舜视为眼中钉：寒冬让他睡漏风的柴房，盛夏逼他穿补丁摞补丁的棉袄。弟弟象也有样学样，常常把泥土混进舜的

你知道吗

根据袁珂的《中国古代神话》：舜的弟弟可能是一个名为"象"的人，也可能真的是一头大象。舜与弟弟的纠葛，反映了殷商始祖——舜对大象的驯服。

粥食，或故意打翻他的柴筐。只有小妹系偶尔偷偷塞给舜半块麦饼，却也不敢和他多说一句话。

一年隆冬时节，后母诬陷舜偷吃祭神的腊肉。瞽叟拿起手中的盲杖劈头盖脸打来，舜咬牙蜷在墙角，直到木棍“咔嚓”断成两截。他逃到结冰的河滩上，冰面映出他冻裂的脚趾、青紫的脊背，和他盈满泪水的悲伤的脸。

舜被赶出家门后，在历山山脚搭了间茅草屋。他在长满荆棘的地方开辟出一片土地，手掌被刺得鲜血淋漓，但他仍为自己的劳动成果兴奋不已。一天，正在劳作的舜救下了一只折翼的布谷鸟，他用草叶替它包扎，安安稳稳地把小鸟放在了大树下。原来这只布谷鸟是一只神鸟，飞翔时不慎被雷电劈中，这才掉落了下来。这晚，神鸟为舜托梦：“明日向东走九十九步，有黑土三尺深。”第二天，舜一醒来便依梦掘地，果然挖出肥得流油的沃土。

舜耕种时，总把田埂往自家地里缩，邻居见状羞愧，纷纷让出边界。不到半年，历山农人争相礼让田界，连为争水而打架的汉子都握手言和。舜又去雷泽捕鱼，总把最大的鱼放回深水。渔夫们渐渐不再抢占浅滩，反而帮可怜的孤寡之人修补破网。最神奇的是舜烧制的陶器：陶土在他手里仿佛有了生命，坛罐不裂不渗，釉面闪若星河。商人们传言：摸一摸舜做的陶器，就能生意兴隆。

这时，尧正为了寻找下一位德才兼备的君王而苦恼，听说了舜的事迹后，尧决定把自己的两个女儿——娥皇和女英许配给他。

婚礼那日，舜穿着粗麻衣，用芦苇秆编成头冠。娥皇掀开盖头时扑哧一笑，但很快又为舜星辰般明亮的眼睛而倾倒。女英却盯着舜满是老茧的手，轻声说："这双手，比父王的玉圭更珍贵。"

娥皇和女英嫁给舜后，舜的继母和弟弟嫉妒得发狂。他们计划着要将舜烧死在大火之中。

一天，瞽叟拄着竹棍来到舜的家里，称自己家的谷仓漏了雨，请舜帮忙修一修。娥皇立刻把舜拉进里屋说："他们要烧死你！快换上这件百鸟衣。"娥皇早就预料到瞽叟一家的恶行，她为舜亲手做了一件绣满玄鸟纹样的羽衣，只为舜能在遇到危险时逃出生天。

次日，舜刚爬上高高的谷仓，象就抽走了梯子。干柴堆成小山，火把"轰"地点燃。烈焰中，舜的羽衣突然迸发金光，化作凤凰冲天而起。瞽叟仰头听着清越的凤鸣，浑浊的瞎眼流下泪来，多年前正是一只神凤带来了自己聪慧的儿子啊！

阴谋失败后，后母又假意端来粟米，请求舜下到井底为她把米淘干净。女英识破了继母的毒计，连夜缝制龙纹内衫送给了舜，她急切地叮嘱："危急时脱去外衣，切记！"

舜下到井底，石块突然如暴雨砸下。他撕开粗布衣，周身鳞片青光闪烁，化作银龙钻入地脉。井口的继母和弟弟以为舜已经成为石块下的亡魂，正沾沾自喜，回头却看见舜浑身滴水未沾，推门而入。第二次阴谋又失败了。

第三次谋杀计划开始在雨夜悄悄酝酿。系偷听到母亲"灌醉砍头"的毒计，实在不愿意让这位善良的哥哥死在母兄的作恶之下，于是飞奔报信。娥皇听到后，欣慰地将系送出了家门。她翻出药箱：取黑狗屎三钱，配忘忧草根熬汤让舜沐浴。这药汤不只能解百毒，还能解酒。舜捏着鼻子泡在木桶里，女英笑着陪在舜的身旁。

次日宴席，象拼命劝酒，舜连饮十八碗，眼神越发清明。等到月落西山，醉倒的反倒是象。

他摇摇晃晃走出大门，空留一把板斧藏在门后，在月光下闪着清冷的光辉。

经过一段时间的考察，尧以为舜确实不凡。他将舜召至云雾缭绕的常羊山说：“若你能孤身穿越雷泽林，便是天命所归。”临行前，娥皇摘下耳坠，那是东海鲛人的泪珠，能够清退邪祟。女英塞给他一个飘着异香的香囊，只要迷路时闻一闻，就能找到回家的路。

黑压压的森林里，蟒蛇盘踞树梢，豺狼绿眼如鬼火。天边响起轰隆隆的雷声，霎时间暴雨倾盆。舜握紧鲛人泪，在闪电中辨出苔痕方向。三天三夜后，他终于走出了山林，袖中香囊余味犹存。舜回到了家乡，等候他的百姓见到舜平安归来，一时间雀跃欢呼。娥皇和女英更是高兴地流下了眼泪。

尧帝遵守诺言，将帝位禅让给了舜。他知道舜酷爱音律，还特地赐给他一张上好的琴。此后，舜常坐于九嶷山巅弹五弦琴。琴声浮动时，他总是唱起他最爱的《南风歌》：

清凉的南风啊，（南风之薰兮，）

将人民的愁苦都吹散吧！（可以解吾民之愠兮。）

及时的南风啊，（南风之时兮，）

让我的百姓富有起来吧！（可以阜吾民之财兮。）

歌声随风远播，传到山间麋鹿的耳朵里，麋鹿为之驻足倾听；传到田间农夫的耳朵里，农夫窃窃私语：贤德的舜帝又在为人民祈福了。

晚年时，舜帝在一次南巡中不幸身亡，他在竹林中含笑而逝，葬在了苍梧山的荒野。娥皇和女英因为赶不及见到舜帝最后一面，在竹林中抱头痛哭，泪水在竹子上留下了斑斑点点的泪痕。她们痛不欲生，最终在湘水自沉。投身湘水那日，江面升起七色彩虹，有人说看见两位仙女乘凤驾龙，沿着虹桥飞向了苍梧山的深处。

点拨

娥皇、女英的情深之举，使得“湘妃”成为后世文人笔下寄托情感的对象。自屈原《湘君》《湘夫人》起，或赞美爱情的颂歌，或抒发怀才不遇的幽怨，“湘妃”这一形象在古代文学作品中屡见不鲜。

后来在永济的历山，雷泽湖畔的陶坊一直供奉着舜帝像，每逢开窑必唱《南风歌》；而九嶷山的斑竹湘妃竹每到春夜便沙沙作响，像在诉说那段关于贤德帝王、忠贞爱情的古老传奇。

人类瑰宝

——智慧的结晶

构木为巢

远古时期，人类还不会搭建房屋，只能在地上挖个坑，住在坑里。每逢风沙，人们便跑到林间躲避，待风沙停止后，再回来清理被埋没的“家”；每逢大雨，坑中就满是积水，人们只得爬出坑来，抱头淋雨，而原来的坑只能在被太阳晒干后再住进去。

不知过了多久，部落中出现了一位贤能之人，名为有巢氏。他身壮如牛，十分聪慧。一天，有巢氏外出狩猎。一只矫健的驯鹿将他引到了树林深处。寻觅间，天上飞过一只小鸟，有巢氏立即捡起一个石块，朝着小鸟的方向掷了过去，只听小鸟“嗷呜”一声，对着天空尖锐地嘶鸣，但它依旧顽强地带伤飞行。

囊中之物，怎么能就这样放掉呢？有巢氏紧追不舍，一直追赶到半山腰。他见小鸟飞到一棵大树上，钻到窝中躲了起来。爬树对有巢氏来说轻而易举，他手脚并用，转瞬间就窜了两丈高。不料有巢氏正要伸手捉鸟时，密布的阴云突然转为滂沱大雨，将他淋成了“落汤鸡”。而那鸟此刻正卧在温暖干燥的窝里，用尖尖的喙一下一下地抚平自己的伤口。

有巢氏见鸟儿这样可怜，不免动了恻(cè)隐之心，决定不去打扰鸟儿平静的生活。可看着看着，他心中又生起一阵不平：我们过得还不如鸟舒服呢，鸟都有能遮风避雨的窝巢，人类却为了避雨而东躲西藏，不然就只能在大雨中瑟瑟发抖。有巢氏气愤地盯着鸟儿的巢，突然灵光一现：我们也可以像鸟儿一样，搭一个自己的房屋啊！木材满目皆是，只要也搭成鸟巢的模样，不就能像鸟儿一样，美美休息了吗？这个想法使有巢氏兴奋不已，天边一放晴，他立即爬到树上，仔细观察鸟窝是怎么搭建的。他发现，鸟巢的最外一层是用比较结实的树枝编搭成的，并且都用泥土加固过；而里面一层是用细小的草木堆砌(qì)，这样一来，巢穴既坚固抗风，又舒适柔软。

有巢氏为鸟儿的智慧感叹了好一阵，然后找来木棍，也仿照鸟儿的样子搭起窝来。他搭了扒、扒了搭，反反复复尝试无数遍之后，终于把窝搭成了！自此以后，人们便住进了木头搭建的房屋中，再也不用在风雨来临的时候四处逃窜了。

一段时间后，有巢氏再次出门狩猎。一只凶猛的老虎拦住了他的去路，有巢氏不慌不忙，趁老虎不备，举起石斧挥砍了起来。一道长长的伤口印在老虎黑色的纹理之间，老虎负伤逃跑，有巢氏顺着一路滴落的血迹，紧跟在老虎身后。这时，老虎忽然钻进一个山洞，消失得无影无踪。

洞中黑暗，有巢氏不敢轻举妄动。他埋伏在洞口，但等到太阳落山，仍不见老虎出来，他不禁慌了起来。他壮着胆子钻进洞中，找了许久，还是没有找到老虎的影子。就在这时，有巢氏发现左手边似乎还有一个延伸出来的墙洞，他走了进去，果然发现老虎正顺着石洞向外跑呢。

有巢氏追赶不上，只好在洞中稍作休息。不一会儿，他发现这山洞十分舒适，风吹不进、日晒不着，又非常稳固。有巢氏在洞里东走走、西探探，认认真真地观察了无数遍，暗自思忖：老虎真是一种智慧的动物，洞里挖洞，既能小憩(qì)又能躲避自然灾害。这种房屋形式，我们人类也可以借鉴啊！于是，有巢氏就模仿老虎的洞穴发明了窑洞。

有巢氏的两大发明，大大改善了人们的居住条件。众人感念有巢氏的贡献，一致推举他做部落首领。后来的人也感念有巢氏的发明，将他列为神话传说中的“三皇”之一。

点拨

中国古代神话中的“三皇”有多种说法，比如《尚书》中说是燧人氏、伏羲氏、神农氏，《庄子》里说是有巢氏、燧人氏、知生氏。这些记载共同反映了对人类社会进步有巨大影响的发明。

钻木取火

远古时期,黑暗与蒙昧一同笼罩着大地。白天,人们吃生肉、喝动物的鲜血,很多人年纪轻轻就被疾病夺走了生命;到了晚上,黑暗吞没了一切。野兽的嘶吼声此起彼伏,大家只能蜷缩在一起,互相用身体取暖、壮胆。

直到一个雨夜,一道闪电划破长空,惊天的巨雷劈中树木,产生了巨大的火花,树木燃烧起来,很快就变成了熊熊大火。

人们被这巨大的声响和灼热的亮光吓得四散奔逃。

混乱之中,有一位年轻人,他面对燃烧的大火毫不畏惧,反而觉得神奇。他仔细观察着眼前的红色光亮,发现它可以变大也可以变小。一块木头烧焦了,上面的火焰很快就会熄灭。而且他发现离火焰越近,身体就会越热。在火焰的映照下,即便是在漆黑的夜色中,一切也都能看得清清楚楚。

这位年轻人叫燧(suì)人氏。他一直守在火旁，痴痴地看着火焰随风舞动的身姿。忽然，一股奇香传到他的鼻间，他四处探寻这香味的源头，原来是一只丧生于大火之中的野猪。燧人氏小心翼翼地拨开野猪烧焦的表皮，肉香味顺着表皮的缝隙喷薄而出。他迫不及待地撕下一块肉来吃，满口留香，他从未品尝过这样的美味。很快，他把族人都召集过来，一起享用这难得的美食。

这次意外之喜让燧人氏陷入了思考：怎样才能一直吃到这样的美味呢？忽然，他灵光一现：如果把燃烧的火保留下来，就能随时吃到烤熟的食物了。于是，燧人氏立刻把一根正在燃烧的树枝带回了部落，指派了专人小心翼翼地照看，不让它熄灭。可是人难免会有疏漏，这天，看火的人睡着了，唯一的火苗也没能抵挡住风的侵袭，只留下满地的灰烬。当黑夜降临时，寒冷和猛兽接踵而至，人们再次陷入困境。

人们只能苦苦恳求上天再降一场大火。

然而半年过去了，仍不见大火的踪影。燧人氏见族人哀愁的面孔，心中满是不忍。于是，他决定去遥远的西方寻找火的痕迹。

燧人氏漫无目的地走过了许多个日日夜夜。一天晚上，他做了一个神奇的梦，他梦到燧明国有一棵神树，树上有一种神鸟，神鸟所过之处，便会燃起熠熠火光。

燧人氏即刻醒转过来，他翻过无数座大山，越过无数条大河，穿越无数片森林，终于到达了目的地。眼前的景象令他惊叹。燧明国非常奇特，这里看不到太阳和月亮，却一直都亮堂堂的。原来是一棵硕大的燧木在发光，它那粗壮的树干直插云霄，树枝蔓延开来，足足覆盖了一万顷的土地。

他在燧木下观察，想弄清燧木发光的原因。突然，一群模样奇特的家伙闯入他的视

线。它们长着圆圆的脑袋，上面嵌着两颗如金色宝石般的眼睛。在那圆脑袋的两侧，还竖着两只尖尖的耳朵，活脱脱一张小猫脸。

此刻，这些小家伙正忙得不亦乐乎。它们用坚硬的嘴，用力地啄着燧木的树干。每啄一下，就会有明亮的火花迸射出来。

燧人氏眼前一亮，一个大胆的想法在他心中萌生：原来硬物和树木的碰撞能够产生火苗。

于是，燧人氏找来一根尖尖的短木棒，开始用力地钻燧木。黑黑的木屑随风而去，却始终不见火的影子，豆大的汗珠不断从燧人氏额头上冒出，他全然不顾。终于，一缕青烟袅袅升起，紧接着，一小簇火苗蹿了出来。

燧人氏拿着燃烧的木枝，激动地绕着燧木奔跑，他边跑边喊：“我成功了！终于让我找到生火的方法了！”

燧人氏一路奔波回到了部落，迫不及待地把生火的方法教给了族人。当跃动的火苗从木枝上冒出，他们的眼里闪烁起激动的泪花，纷纷伸出手想要感受火苗的温度。

从那以后，人们再也不用吃生的食物了，夜晚也充满了温暖和光明。

点拨

人工取火是人类了不起的发明。火意味着智慧与光明，火的取用是人类进化过程中的重要一环。燧人氏因其取火、用火的巨大贡献，在古代神话传说中，被列为“三皇”之一。

后稷教稼

很久很久以前，人们不懂耕种，也不会经商，只能依靠狩猎为生。男人为打猎而奔波，女人到处采摘野果子，日子过得很不安稳。要是某一天找不到果实、野兽也藏起来不露面的话，大家就只能饿肚子。

在这片大地上，生活着一个叫作有邰(tái)氏的部落。部落中，有一位女子名叫姜嫄(yuán)，她心地善良、品德高尚，备受族人尊敬。姜嫄满心期望族人能吃饱肚子，常常去人迹罕至的地方采摘果实。

你知道吗

有邰氏是周族始祖“后稷”的母系族属。在神话传说中，后稷是姜嫄和帝喾的孩子。

有一天，姜嫄像往常一样到外面找果子，突然发现地上有个巨大的脚印。她忍不住要踩进去和它比一比大小。就在脚与脚印接触的一瞬间，姜嫄感到身体一阵震动。一年后，她生下了一个可爱的男孩。

族人和姜嫄都以为这孩子来得不祥，便一心要将他抛弃。虽然心有不舍，但姜嫄仍以族人的安危为重。她狠心将孩子扔到一条窄小的巷子里，不料神奇的事情发生了，路过的牛呀马呀，都会小心翼翼地绕开，生怕踩到他。

姜嫄又把孩子抱到森林，放在野兽经常出没的地方。碰巧，那天伐木的人格外多，野兽都跑得远远的。姜嫄只好又把他丢到结冰的湖面上。这时正值寒冬腊月，呼啸的北风猎猎作响，孩子被冻得直发颤，渐渐地，哭声也消失了。就在孩子快被冻僵的时候，一只浑身金黄羽毛、身体硕大的鸟飞了过来。它展开双翅，用身上最柔软、最温暖的绒羽护住了孩子的身体。

姜嫄看到这一幕，又惊又喜，喃喃道："孩子啊，原来神灵一直在庇佑你。今后不管遇到多大的困难，妈妈都一定会把你抚养长大！"于是，姜嫄把孩子抱回了家。

因为当初多次想要抛弃他，所以姜嫄为孩子取名为"弃"。

弃从小就聪明过人，他有一个特别的爱好——观察植物。他喜欢看一颗颗小小的种子努力地钻破泥土，在阳光和雨露的浇灌下，渐渐枝繁叶茂、硕果累累的过程。

随着时间的推移，弃对这些植物的了解越来越多。他惊奇地发现，有些植物的种子是可以食用的，而且能够带来强烈的饱腹感。于是，弃开始收集这些种子，并试着耕种。他期待它们长成成熟的庄稼，族人就不必再忍受饥饿之苦了。

弃每天都在土地上忙得不可开交，翻土，播种，浇水，每一样他都亲力亲为。但种庄稼可没那么顺利，他天天在庄稼地里打转，却迟迟不见嫩芽破土而出。经过长时间的观察和思考，弃发现不

同的植物喜好各有不同：有些喜欢晒太阳，有些喜欢待在潮湿的地方；有些喜欢松软的土壤，有些偏好顺藤而上……

在不间断的尝试中，弃终于掌握了种庄稼的办法。而且他种出来的庄稼，个个颗粒饱满，就像胖嘟嘟的小娃娃。弃立即把收获的粮食分给族里的人。食物的香气令人陶醉，同族的人无一不对弃报以感激的眼神，他们既兴奋又感动，任由晶莹的泪滴顺着脸颊无声滑下。

看到眼前这一幕，弃心里想到：要是能让更多的人学会种庄稼，那人们就都可以享受饱腹的甜蜜了。于是，弃决定把这个本领教给更多的人。

他四处奔波，足迹遍布周围的各个部落。每到一个地方，他都亲自下地耕种，将种庄稼的办法演示给当地的人看。起初，人们对他莫名其妙的行为嗤之以鼻，但当嫩绿的枝叶结出饱满的果实，当沉甸甸的稻谷成为飘香四溢的食物时，大家就都理解了他的行为。

弃传授种植方法时，也不忘留意各地的植物，他收集了大量可食用的种子。在他的努力下，人们的食物种类日益丰富，日子也越过越好。

点拨

在农耕社会，农业是人们赖以生存的根基，足够的粮食可以保证族人不受饥荒困扰。周人以谷神“后稷”为始祖，反映了周人对粮食丰足、免于饥饿的殷切期盼。

为了感谢弃为部落作出的巨大贡献，人们纷纷推选他做部落首领，尊敬地称他为“后稷(jì)”。在后世，他被视为农业之神，受到人们的敬仰和膜拜。

杜康酿酒

很久很久以前，在黄帝部落里有一位叫杜康的大臣，他勤劳善良，善于思考，是部落里负责保管粮食的好手。但随着农耕社会的发展，粮食的产量不断增加，越来越多的粮食无处存放，过去得心应手的事情如今却搅得杜康心神不宁。

又是一年收获季，田间地头金黄一片，丰收的喜悦弥漫在空气中，吹开了人们的笑颜。只有杜康看着堆成小山的粮食，紧皱眉头，喃喃自语："这可怎么办呢？这么多粮食，如果不好好存放，就只能浪费掉了。"

他徒步来到山林中，企图获得一些新的灵感。隐约间，仿佛有"咚咚咚"的声音传来，杜康抬头看去，一只啄木鸟正用尖尖的喙敲击着树干。他好奇地走过去，凑近看。

一抹希望划过杜康的眼眸，他兴奋地喊道："有了！这树洞宽敞又干燥，用来放粮食再好不过了。"

他赶忙跑回部落召集族人，众人齐心协力，把多余的粮食一起放进了树洞。

一晃经年，树洞中的粮食一直没来得及吃掉，也没有经过晾晒，已经发酵了。

这天，杜康想要到树洞中查看一番。离树洞还有百米，就有一股从未闻过的奇异香气飘进鼻间，馥郁芬芳。杜康满心疑惑，凑近树洞一瞧，只见三五只小动物正悠哉游哉地躺在树下睡大觉，还有两只山羊正仰起头探向树洞，仿佛在喝什么东西。他藏在附近静静地等待，直到动物们转醒离去，才到树洞下一探究竟。

杜康惊奇地发现，树洞中的粮食都变得湿漉漉的，底下还有一洼米汤色的液体，香气正是从那里飘散而出的。

杜康小心翼翼地蘸了几滴“米汤”，犹豫再三，放进嘴里尝了尝。刹那间，一股辛辣与甘甜交织的滋味在舌尖散开，顺着喉咙滑下，顿时全身暖洋洋的，心里有种说不出的舒畅。

杜康大喜过望，赶紧将这个新发现分享给了族人。众人半信半疑地尝了尝，也如杜康一般感到神清气爽，可欣喜之余，谁都不知道它到底是什么东西。

当晚，杜康做了一个奇怪的梦，一位白发苍苍的老者飘然而至。老者面带微笑，对他说道:“此乃美酒，由粮食发酵而成，可助人忘却烦恼，增添生活乐趣。但此物尚不甘醇，明日酉时，你可到山中取来三滴不同人的血，滴入其中，便可得世上最美之佳酿。”言罢，老者化作一道清风消失不见。

杜康醒来，对梦境记忆犹新。他准备好发酵的粮食液体，在山林中静静等候。酉时已到，有一位文人从此处路过，杜康赶忙上前作揖，向其求血。他将缘由说明，文人欣然伸出手臂，愿意为这样神奇的事情献出绵薄之力。

没一会儿，又有一名得胜的将军经过，杜康迎上去想劳烦将军帮个忙。将军爽朗一笑，毫不犹豫地割破手指，献出一滴血。

可第三滴血迟迟没有着落，杜康正着急，忽然瞧见不远处有个疯子在草丛中打滚。他赶忙上前，取了疯子的一滴血。杜康将三滴血依次投入发酵的液体中，一股醇厚的酒香即刻漫溢出来，口感也不似从前辛辣，反倒绵柔无比，回味甘甜。

杜康知道，想必这就是老者所谓的美酒了。

人们在饮酒时，起初都如文人般彬彬有礼；几杯下肚后，便似将军般豪情万丈；可要是喝得太多，就会像疯子一样胡言乱语、丑态百出。这样的规律，可能就是因为杜康酿酒时分别取了文人、将军、疯子的血的缘故吧！

点拨

中国人饮酒，秉承适度原则。千百年来，酒不仅暖胃怡情，更是无数文人墨客、寻常百姓助兴抒怀的媒介。曹操便曾在其著名诗作《短歌行》中吟诵："何以解忧？唯有杜康。"

杜康成功酿出美酒的消息迅速传遍四方，人们纷纷前来向他学习酿酒之法。

自那以后，酒便成为人们生活中不可或缺的调味品。杜康也因发明了酿酒之法，被后世尊称为"酒圣"，杜康还成了酒的代称。他的故事在华夏大地代代相传，成为一段不朽的传奇。

嫘祖缫丝

远古时代，人们还没有掌握制作衣物的技艺，只能设法简单地遮挡身体。夏季，各部落的先民们把树叶、树皮穿成一串，遮阳挡雨；冬季，他们将野兽的皮毛缝制成衣，用以抵御风寒。

西陵国的嫘（léi）祖，特别擅长缝制衣服，她的手艺在部落中数一数二。但随着时间的

流逝，嫘祖发现：树叶和树皮做的衣服保暖性太差，而且不久就会损坏；野兽皮毛虽然很好，但数量却很少，无法惠及部落中所有的人。

互动

你知道我们今天常用的制衣材料有哪些吗？

在一次盛大的部落联盟中，嫘祖与黄帝喜结连理。不久之后，黄帝部落中大大小小的首领就都穿上了衣服。但是其他部落成员仍然光着身子，或者只围一圈简陋的树叶，风一吹，便散了。嫘祖看在眼里，急在心里，她常常对着一堆树叶和破旧皮毛叹气，为衣物的改进殚精竭虑。

一天，嫘祖和族人一起去山上采摘野果。来到桑树旁时，她发现树上挂满了圆润的白色小果，那小果在阳光下闪烁着微光。大家都叫不出这东西的名字，有的说是刚长出来的野果，有的猜是鸟蛋。

嫘祖好奇地伸出手，摘下一颗，放进嘴里咬了咬，不禁皱起眉头。这“小果”莹润可爱，却十分坚硬，根本咬不开。

众人见状，决定把它们采摘下来带回部落，放到沸水中煮熟看看。在咕嘟咕嘟的水泡中，白色小果渐渐变大了。又煮了一会儿，竟然变成了一团丝絮。嫘祖用树枝在锅里搅啊搅，扯出了一条细长的丝线。这线越扯越长，越扯越多。嫘祖将丝线捋成一团，这根线摸上去凉凉的、软软的，而且很有韧性。

嫘祖看着丝线，灵机一动：如果用这种丝线做成衣服，肯定既舒服又漂亮。于是，嫘祖凭借精湛的手艺，像蜘蛛结网一般，用细丝编织出了精美的丝绸。这丝绸果然十分轻盈，拿在手上轻若无物，同时又特别光滑柔软。

嫘祖想要将这门缫丝的手艺传授给更多的族人，但这丝的来源此时还是谜团。思索间，她又来到了发现“小果”的桑树边。只见一只白白胖胖的小虫——蚕正在奋力吐丝，把自己包裹在里面。她恍然大悟，原来那些“小果”都是蚕茧。嫘祖兴奋地将蚕装进袋中，还采摘了许多桑树叶，将它们带回部落饲养。

在嫘祖的悉心指导下，族人们很快掌握了养蚕缫(sāo)丝的手艺，原本粗糙简陋的衣物被轻柔美丽的蚕丝衣物取代。渐渐地，整个黄帝部落都体验到了蚕丝衣物的舒适。

嫘祖毫无保留地将自己的技术传授给更多的部落，栽桑养蚕的传统便在嫘祖的带领下开始了。

蚕丝衣物的发明，结束了以兽衣树皮为衣的时代，推进了人类文明的发展进程。而嫘祖也因这项伟大的发明和无私奉献的精神，成为官方祭祀的“蚕神”，世世代代受到人们的尊崇和敬仰。

对比阅读

在中国古代，有着许多关于丝绸起源的美丽传说，比如马头娘、马鸣王菩萨等，她们都是至今仍被祭祀的蚕神。请找来她们的故事读一读，辨识不同蚕神的异同吧！

仓颉造字

在古老的过去，文字尚未发明，人们只能通过口耳相传的方式传递信息。但人的记忆能力各有不同，所以总出现传错消息的情况。有一次，黄帝让一位族人牵一头牛去隔壁村落换两辆车架。结果那人记错了，他用两头牛换了一辆车，给部落造成了巨大的损失。

为了避免类似情况的发生，黄帝决定将部落的牲畜交由一位龙颜四目的年轻人管理，他就是仓颉(jié)。

仓颉接下任命后，尽职尽责，每天都会清点一遍牛、羊、马、猪等畜类的数量，然后统一在绳子上打结计数。如果增加了一头牲畜，仓颉便多打一个绳结；如果减少了一头牲畜，仓颉便解开一个绳结。他从无懈怠，也不曾出过差错。

黄帝见仓颉这样能干，便把更多记录管理的工作交给了他：食物的储藏、祭祀的次数、猎物的分配……仓颉纵使聪慧却也力不从心，这样多的事情只靠结绳难以记清。

一天，仓颉正像往常一样清点牲畜，他听到远处好像有两个猎人在路口争吵。仓颉满心好奇，快步走了过去。只见一个猎人满脸焦急，手指着地上凌乱的脚印，大声说道："这脚印又大又深，间距还宽，一看就是野猪留下的，朝东边去了，咱们赶紧追！"另一个猎人眉头紧皱，连连摇头反驳："你看这脚印的形状，前面有分叉，这分明是麋(mí)鹿的脚印，而且看走向是往南，咱们可别追错了方向！"

两人各执一词，争得面红耳赤。仓颉俯身仔细观察那些脚印，脑海中突然灵光一闪：脚印能清晰区分不同的动物，那我为什么不用脚印来表示动物呢？

仓颉立马画出了猪、羊、牛、马的脚印，大家一下就认了出来。他非常高兴，可是转念一想，自然界有那么多动物，只画它们的脚印，人们很难分辨。于是，他决定只保留动物独有的特征，其他的笔画全部省略。就这样，有大肚子的四足兽表示"猪"，有两只盘曲大角的表示"羊"，有两只向上大角的表示“牛”，有着长长的脸和鬃毛的表示“马”……一夜之间，仓颉创造了许多十分形象的字，只要看到字体，人们就能立刻联想到对应的动物。

点拨

实际上，汉字的创造者并不是仓颉哦！汉字是千千万万的劳动人民共同创造的。人们基于日常沟通和记录的需求创造、使用文字，文字是众多劳动者共同的智慧结晶。

文字的创制大大提高了仓颉的管理效率。于是他仰观天象，俯察鸟兽足迹，远望山川形态，将万事万物化为笔下符号。

鉴于过去的经验，仓颉造起字来得心应手。他根据每个事物的特征，非常巧妙地创造了很多文字：“木”像一棵直立的树，左右两边是树杈；“日”像一个炽热耀眼的巨大火球；“山”像一座连绵起伏的山脉等。

细心的仓颉发现，有具体形象的事物很容易造出字，只

要画出它们的特征就可以。可那些比较复杂、抽象的事物却很难用字表现出来。他苦思冥想，最终想出了好几种方法来解决问题。

首先是指事的方法。仓颉想要用文字来表示树根或树梢，他先写出“木”字，然后在“木”的最上面加上一横，以这一横来表现树木的末梢；同样地，他在“木”的最下面加上一横成了“本”，就可以表示树木的根。

其次是会意的方法。就是把两个很形象的字放在一起，合起来表示一个全新的意义。比如“休”，左边是一个“人”，右边是一个“木”，合起来就是一个人靠在树上，不就正是休息的动作吗？

那么，遇到意义相近的字时怎么办呢？仓颉采用了形声造字的方法。同样都是表示水的含义，但江河湖海各有不同。聪明的仓颉选择在“氵”的旁边加上一个表示声音的字，规定“河”表示河流，“湖”表示不流动的水体。这样就完美地解

决了意义相近的造字难题。

在造字过程中，最令仓颉头疼的还是抽象字。现实中根本找不到它们的形象，这可怎么造字呢？面对这种情况，仓颉选择了借用的办法。比如“我”这个字，本来是一种带有锯齿的兵器，他索性直接用表示兵器的“我”来表示第一人称代词。

> **你知道吗**
>
> 象形、指事、会意、形声是汉字造字的四种方法，除此之外，还有转注和假借两种造字方法。东汉时，著名文字学家许慎将其合称为“六书”。

仓颉造出文字后，黄帝便封他为史官，专门记录当时的社会生活。部落里的战争、祭祀等重要事件，也用文字记下来。如此后人遇到困难时，便有本可依，能够以史为鉴。而天帝听说人类有这样的壮举，便在这天夜里下了一场很大的粟雨。鬼魂听说仓颉造字，以为自己再也无处遁形，于是夜夜啼哭。

为了纪念仓颉造字的巨大功绩，后人把河南新郑县城南仓颉造字的地方称作“凤凰衔书台”，用来纪念这位伟大的发明家和文化先圣。